新世紀
少兒文學家

新世紀
少兒文學家

新世紀
少兒文學家

新世紀
少兒文學家

新世紀少兒文學家08

與鴿子海鷗約會

林良精選集

林文寶 主編
林良 著
吳嘉鴻 圖

目錄

目錄

編選前言

國立台東大學榮譽教授　林文寶

在兒童習得閱讀技巧、累積閱讀經驗並養成閱讀習慣的歷程中，本然存在著不同階段的差異與跨越；從嬉遊歷險到思考認知，從圖畫影像而聲光文字，不同的閱讀取向和內容顯然豐富了當代少年、兒童讀物的樣貌。在臺灣，少兒讀物擁有廣大的閱讀群眾。無論是歸屬於臺灣本土創作與得獎作品，還是大量翻譯國外優良的作品。廣度上在於出版的「數量」；深度上在於作品的「品質」，均有相當高層次的水準，這是令人欣喜的現象。

然而，地球村潮流與文化殖民影響，相對的，無形中也造成「文化霸權」的入侵。深具臺灣人文關懷與本土自然風情的優秀創作，往往因此緣故，可能出版未久，便覆沒在廣大的書海裡。

於是，為了免於有遺珠之憾，各項評選、推薦的活動順勢而起。一方面期望在茫茫書海中為讀者再次尋找優良的作品，這樣的歷程，可謂是在精華中萃取精華；另一方面也是為在地語言、本土文化、歷史傳承與深具臺灣本土意識的佳作，提供再一次聚光的舞台。

所以，關心兒童文學出版，有其必要性的適時觀察、檢視，以期了解全面性的發展過程。綜觀兒童文學無論是常態性的出版運行，還是隱藏性的書寫變化，都是在呈現一時一地文學之菁萃，使其蓬華生輝。

筆者長期蒐羅兒童文學作家作品，輯注出版書目，曾於一九八七年及一九九八年兩度策劃兒童文學各文類階段性編選工作，並編纂二〇〇〇至二〇〇九年兒童文學年度精華選集。這些編輯工作有賴多方蒐集資料與長期關注剖析，才能徵驗文類的發展趨勢。就兒童文學小說一類之演進為例，歸納其題材走向，自寫實鄉土至奇幻異境，從孤兒自勵到頑童冒險，可見取材視野之開闊，風格也趨向多元多變。

在見證作品豐富多變之時，身為讀者固然「開卷有益」是一種幸福，然而作為評選者往往就得慎重面臨思索、分析與取捨作品，來滿足讀者及研究者。慶幸在不同時期，我們擁有願意支持這份志業的出版家，以及願意擔負這份重責的編選者，所以完成多部眾聲喧嘩、質量可觀、文類殊異的兒童文學選集，持續為茁長兒童文學的枝幹，增添新葉。

九歌出版社自一九八三年設立「九歌兒童書房」（後更名為「九歌少兒書房」）書系，其文教基金會繼於一九九三年起舉辦「九歌現代兒童文學獎」（後更名為「九歌現代少兒文學獎」），不論是獎勵作家創作或是出版優秀作品，每件事都為臺灣少年小說的開展樹立典範。為服務廣大少兒讀物愛好者，特地規劃「新世紀少兒文學家」書系，以個別作家的整體作品為範疇，精選適合少年兒童閱讀的作品編輯成冊，這樣的兒童文學作家作品編選方式是前所未有的。

編選前言

在臺灣兒童文學創作領域以少兒讀物為創作主力者，在各時期都有名家傑作產生。有些職志未改，始終關注青春少年議題，為其發聲，儘管時空轉換，仍是筆耕不輟；有些志趣轉向，然而對少年兒童的精準描繪與豐富想像仍舊可觀。

這些作家對臺灣少年兒童所處的家庭、學校、社會構築的生活有其獨到的論述，成就獨樹一幟的敘事，不僅體現在地作家的人文關懷，更形成反映本土現實的珍貴資產。

本書系為本土少兒文學名家作品選集，主要提供國小高年級以上暨高中以下學子閱讀之優秀作品，所選名作都與少年讀者生活息息相關。文章以精短為主，可讀性與適讀性兼具，以期少年讀者能獨立閱讀。

走過千禧年，在第一個十年之時，希望本書系之出版能為本土少兒作家的文學成就獻上禮讚，亦為臺灣少年讀者的閱讀視野再闢風光，謹以為誌。

推薦林良

書寫美好的人生故事

林良先生以兒童文學為職志，為兒童寫作逾半世紀，致力發揚「淺語的藝術」，迄今筆耕不輟；以兒歌、童詩及散文見長，讀者多暱稱他為「林良爺爺」。閱讀林良先生的文字，如親見其人，語氣和藹慈愛，令人如沐春風。

本輯選錄林良先生對親情的感性流露、對友情的真摯抒發、對世情的深刻梳理，取材廣泛；不僅呈現作者對生活經驗的體悟與分享，同時也含括對自然事物與社會關係的觀察與分析。

作者在〈母親的智慧〉和〈舅爺〉兩篇，對於父母長輩的慈愛與信任，表露為人子嗣的感念與孺慕之情；而〈坐火車〉和〈划船〉兩篇，則描述自己與女兒的童年歡欣，滿載為人父親的喜悅與舐犢之愛；透過這些篇章的時光流轉、身分改變，讀者可以體會不同世代對於子女在教養態度與方式上的異同。又譬如作者在〈餞別〉中所描寫的那個為童年友伴豪氣慷慨的童子軍，與那個年輕氣盛在〈那隻熊〉裡看不慣同僚教育理念的小夥子，兩者性情相仿似乎有跡可循。懷舊憶往、抒情達理自是作者作品特出所在，隨筆散寫家庭瑣事尤其精采，從家人〈洗澡〉的揖讓政治到〈女園長〉豢養寵物的勞役管理，筆調幽默、妙趣橫生；而記錄初為人父圓滿喜樂的名篇〈小太陽〉，內容歌頌新生的燦爛美好，最是讓人感動莫名。

這些文章創作的初衷極其單純，誠如作者自陳：像天下所有的父親一樣，很想把自己所經驗過的、許多美好的「人生故事」講給孩子聽。這些作者口中沒有情節高潮迭起的故事，以握槳划船、緩緩過渡的方式，在月光織錦、水聲喋喋中娓娓道來。

林良先生在〈海的孩子〉裡回憶兒時從閱讀踏上寫作之路的歷程，自剖最初離鄉背井，在輪船甲板上遠眺遼闊大海，湧現探險世界的豪情；懷抱這樣的豪情壯志，確實為林良先生開創了豐富的書寫人生；閱讀這樣開闊的人生，也激勵少年讀者揚帆啟碇，航向屬於自己的一面海洋。

林文寶

與小讀者談心：

我喜歡小孩，也喜歡寫作

親愛的小朋友：

我是林良，也就是你手裡拿的這本書的作者。

我年輕的時候，許多小朋友都喊我「林叔叔」。後來我當了爸爸，他們就喊我「林伯伯」。現在我當了祖父，他們就喊我「林良爺爺」。「林良爺爺」就成了我現在的名字了。如果你問我喜歡不喜歡這樣的名字，我的回答是：喜歡。

有小朋友問過我：「你喜歡不喜歡小孩子？」當然喜歡。我從小就喜歡跟我的弟弟妹妹、表弟表妹一起做遊戲。在小學讀書的時候，我喜歡我的同學。我十九歲在小學教書的時候，我喜歡我班上的小學生。後來在報社工作，我喜歡同事的小孩。許多年後，這些小孩都當了爸爸媽媽，我又很喜歡他們的孩子。還有，我自己也有孩子，我也很喜歡我的孩子和「我的孩子的孩子」，也就是我的孫子。我的小朋友夠多了吧。

有小朋友問我：「你小時候快樂嗎？」

我的回答是：當然很快樂。我七歲以前住在日本的神戶，家裡很有錢，吃好的，穿好的，還有許多玩具。七歲以後，回到老家廈門，過的還是有錢人的生活，吃好的，穿好的，還有父親買給我的許多書，幫我訂閱的許多兒童雜誌，過的日子好快活。一直到小學畢業，中日戰爭爆發，我們開始逃難，成為難民。我的快樂童年就這樣結束。家裡開始鬧窮，有時候衣服破了買不起新的，有時候還要挨餓。不過不必為我擔心，那已經是我的青少年時代，受受磨練是應該的，也正是時候。

有小朋友問我：「你為什麼會喜歡寫作？」我喜歡寫作，是因為看書。書好像是我的朋友，又好像是我老師。書讓我學會了「思想」，也讓我好喜歡「寫作」。上小學六年級的那一年，我常常在父母親睡著以後，悄悄爬起來寫一篇一篇短短的東西，把自己當成一個小作家。寫作的習慣就是這樣培養起來的。

我十九歲在小學教書的時候，就開始向報紙的副刊投稿。後來，有一家報社招考記者，我寫了兩篇稿子去求職，被他們錄取了。從此，我就進入報社工作。在報社裡「寫作」就是我的「工作」，這正是我最喜歡的職業。

在小朋友給我的信裡，我發現他們最喜歡問的有兩個問題。一個是：「你最崇拜的作家是誰？」另外一個是：「你寫作的靈感是從哪裡來的？」

先回答第一個問題。我最崇拜的作家有三位。第一位是唐代的詩人白居易。據說他寫詩特別關心讀者看得懂看不懂。每寫好一首詩，他都要唸給一位老太太聽。老太太聽不懂他在說什麼的，就一定要改寫，改到老太太聽得懂為止。

這就叫「老嫗能解」。

第二位是清代詩人黃遵憲。他是一位外交官，到過國外許多地方。他常把在國外看到的火車、電報、攝影這些新事物寫在舊詩裡。別人批評他不合體式，不協調。他說：「我手寫我口，有什麼不對？」這句「我手寫我口」，意思就是嘴裡怎麼說，筆下就怎麼寫，後來成為「白話文」的最佳註腳。

第三位是胡適。他是一位學者，提倡白話文，使人人都可以寫作，具備文字表達能力，對文學的發展功勞最大。

再回答第二個問題：「寫作的靈感從哪裡來？」

有文章要寫，寫些什麼？該怎麼寫？都要先經過一番苦思，有了答案，才能動筆。所以我們可以說，寫作的靈感都是經由「苦思」來的。另外還有一種情形，就是苦思也沒結果，只好把它擱在一邊。有一天，忽然想通了。遇到這種情形，就可以說：靈感是從天上掉下來的了。

寫到這裡，我覺得跟小讀者談心是很愉快的。不過，不管夜有多深，酒店總有打烊的時候。我們的談心，只好在這裡打住了。

林　良

二〇一一年六月

1

海的孩子

舅舅是英美文學的熱愛者，書櫥裡有一排排珍藏的原版英美文學名著，每一本都加包了一層黃牛皮紙的書衣，再親自在書衣上工筆寫下書名，他所有的書，都有牛皮紙包裹，所以只有一種顏色，燙金字的美麗封面永遠不見天日，懂得在這單調的書櫥裡尋寶的只有我，洗過手，伸出雙掌讓舅舅檢查，我就可以在這些書裡翻看精印的彩色插圖和作家肖像，秀美的「濟慈」，有美髯的「狄更斯」，是我喜愛的文學家肖像。

母親的藏書是一部部精彩的章回小說，她從《紅樓夢》、《水滸傳》、《西遊記》、《三國演義》，一直看到《彭公案》、《施公案》，最後看到文素臣，她喜歡夜讀，她的每一本書，都有掉到床下的記錄，我分享的，是那些書裡的繡像畫。

父親看的化學書，我很少碰過，只記得曾經在一本書裡看到過法國化學家「拉瓦錫」的一幅肖像。他喜歡買書，也願意為我買書，每個周末，父子常結伴到書店去選書、買書。父親曾經跟幾個年輕人合開一間舊書店，為「棄書」

跟「藏書」的人服務，很受愛書人的歡迎。店中奇書很多，我因爲身分特殊，店員對我另眼相看，我每次來到店裡，或借或買，都很方便，那一年，是我看書最貪心的一年。

從小學六年級開始，我就習慣半夜悄悄爬起來寫作，從三樓的窗戶看出去，可以看到月光下中山公園的全景，我爲公園裡的人工湖、琵琶洲、長堤拱橋、巨石小徑、柳柳松松，寫了一篇又一篇的小小散文。

高一那年編壁報，我們「三人行」當選壁報編輯，三個好同學把壁報當成寫作練習簿，整份壁報找不到第四個作者。

爲了逃難，父親帶著一家人離鄉好幾年，第二次世界大戰結束以後，我們又回到了家鄉。同學們個個都已經長成，重視商業成就的廈門社會，竟出現了一群以寫作爲職業的「窮人族」，其中有許多成員竟都是我的同學，他們有的寫詩成名，有的是副刊編輯，有的是雜誌主編。

我的寫作生涯就這樣開始，能夠過這樣寫意的日子，我仗的是在一家報社

裡有一份副刊編輯的工作。

中山公園人工湖畔有一條幽靜的林蔭道，那就是我每天傍晚散步構思作品的步道，我寫了一些散文，寫了一些以大海為題材的詩，那些作品，有的寄給我的同學去發表，有的就發表在我編的副刊上。

我服務的那家報社倒閉的時候，我正在規畫一部長篇小說，渾然忘卻我已經失業。後來母親提醒我應該找個職業，我才不得不放下筆，去教育局報考一份到臺灣推行國語的工作。

離鄉的時候，心情雖然有些黯然，但是站在輪船的甲板上，看著遼闊的大海，不禁湧起「去看看外面的世界」的豪情。

母親叮嚀過：「這一回可要好好做事，帶幾件衣服就夠了，不要再帶那一大堆書了。」可是我還是在我簡單的行囊裡塞進我的小說寫作大綱和一本字典。

我是不會放棄的。

——原載一九九六年九月四日《新生報》

2

母親的智慧

我少年時代的指路人是父親。父親教我用嚴肅的態度做人，那就是：對人要誠實，工作要認眞，要容忍，不要害人；容忍不是懦弱，因爲只有容忍才能避免傷害朋友。父親也教我怎麼樣過神仙一樣的日子：嘴饞想吃什麼就多吃點兒，貪看風景就到處多逛逛，愛讀書就讀個盡興，想睡就睡個夠，只要不妨礙工作，只要不害人，讓日子過得好玩兒一點不算錯。

母親似乎從來不跟我談任何嚴肅的話。父親爲了訓練我，常常找些事情叫我獨自去辦，例如到銀行去領款，或者到郵局領包裹；但是母親從來不讓我幫她一點忙。有一次我跟二弟打架，胳臂比我粗的二弟幾乎是故意裝敗，故意挨打——他根本不想打那場架。父親回家，很嚴肅的說了我幾句。母親幾乎可以說是一聲不響，儘管從事情的開始到結束，她始終都在家裡，但是她不說一句話。打架的事情過去以後，我心裡非常後悔，不知道該怎麼樣向二弟表達我的歉意。當時叫二弟端一碗我愛吃的南瓜菜飯拌辣椒到臥室裡給我吃的，就是母親。二弟一向聽母親的話，他從來不跟我計較，我相信，這是母親的意思。我聽見過母親對二弟的談話，竟都像父親對我談話一樣，是嚴肅的，指引人生道路的。她卻從來沒有那樣的跟我談話過。

我們全家逃難到漳州去的那一年，我還是個大孩子，一想到謀生就害怕。偏偏有一個只比我大一歲，卻比我能幹得多的女孩子，不但自己在一所小學裡找到了教職，還替我在同一個學校裡找到同樣的工作，她是我們一家的逃難同伴，她的勇氣激勵了我。我想，我雖然還談不上一個人維持全家的生活，但是至少我應該設法養活我自己。我答應了去教書。

我的決定使父親非常高興。他當著全家人的面前稱讚了我好幾次，說我年紀輕輕的就知道要負起長子的責任，是一個了不起的孩子；但是母親仍然一聲不響，好像並不十分重視這件事情似的。我實在應該慚愧，當時我心中對母親有了怨意：「在這樣的年齡就出去做事受氣，受氣做事，還不夠委屈嗎？媽媽眞是一句稱讚的話也不說嗎？」

在我教書的那兩年裡，我白天到學校去工作，下午一回家就捧起書，拿起筆，勤苦的自修數學、簿記、尺牘跟商業書信。當時我毅力驚人，對人生卻是唱低調的。我的盤算是：儘管我有更好的東西要追求，但是對生活卻應該有更壞的打算。我給自己擬定了一個「小學徒計畫」，那就是什麼時候遇到驕傲的，而且有能力折磨我的人，我就可以即刻辭去我的工作，到隨便一家商店去當小學徒。這小學徒可以做最卑微的工作，拿最少的錢，但是不受人看輕，因爲他除了每天扛門板，掃地，打雜以外，還能記帳，寫商業書信。爲了實現這個計畫，我甚至學會了打算盤。

這個計畫的背後，透露了一個消息，就是我在任教的小學裡，正飽受老同仁「欺生」的苦。儘管我教書非常賣力，心裡卻隨時準備走。我爲了實現「小學徒計畫」，每天晚上學習到深夜。我一臉英氣的在小油燈下勤苦自修。父親知道我輕輕放下文學讀物，自己開起「一個人的學徒補習班」來，心裡非常讚賞，很高興的說：「切實，切實！凡事都應該顧到現實。」但是母親對於我的奮鬥，不抱反感，也不讚美，一直不表示任何意見。

我教書的第三年，父親去世。我又傷心，又害怕，忽然對人生消極起來。二弟安慰母親說，他已經找到合適的工作，每月有一筆固定的收入，家裡的生活苦是要苦一點，但是不會發生嚴重的問題。三妹當時年紀也很輕，她跟母親說，她已經在田賦管理處找到了抄寫的工作，她的薪水也可以拿回來貼補家用。

我，這個家庭長子，當時怎麼說？我說：「人生沒有意義，眞正沒有意義！」我不想去找工作，完全忘了長子的責任。我覺得我有理由埋怨這個世界。我什麼事情也不想做。母親怎麼樣呢？

她開導我，鼓勵我，教訓我，責備我了嗎？不，她照樣一聲不響，她不說一句話。她用她過慣好日子的雙手去搓衣服，淘米，炒菜。她照樣爲我準備三餐，照樣爲我準備乾淨的替換衣服。

我荒廢了自修，我不工作，我懷疑人生的價值和意義，但是我照樣有的吃，有的穿。維持這個家庭的生活的，是次子，是長女，不是一家人希望所寄託的長子。母親對這件事的看法怎麼樣呢？她安安靜靜的，不責備我，不找我商量往後日子怎麼過。她照料我，跟以前沒有兩樣。

我這個悲觀哲學家每天所做的事情就是思索，思索，思索。我從沒想到思索不能製造麵包。我在思索的時候從來沒挨過餓。我儘管固執任性，但是並沒受到任何現實的打擊。我感受不到任何一個人必然會遭遇到的外在的壓力。有一隻手，替我承擔那壓力。

親戚們的看法不一樣。他們認爲這個家庭裡有一個人發生了「青年問題」，認爲這個家庭出現一個問題青年。有好幾個偶然的機會，我看到也聽他們焦慮的跟母親談話。他們關心母親，問母親：「你有什麼打算？」他們心裡不安，建議母親說：「應該找一個機會，好好兒的跟他談談，讓他醒悟。」

「我會。」母親平靜的說。

我完全用不著擔心，因爲我知道母親永遠不會找我「好好兒的談一談」，她永遠不做這樣的事。

在弟弟妹妹都去上班，只有我一個人在家的時候，我也用不著擔心母親會找我「談談」。她平靜的洗衣服，平靜的做飯，和從前一樣，把飯菜弄齊了，替我盛好了飯，然後再招呼我去吃。在飯桌上，我沉默，她仍然平平靜靜的，我話多，她就含笑聽著，我說話或者不說話，她一概不焦躁，一概不抱反感。

我的運氣一直不好。有人替我安排好了一個工作，主管約我去談話，我卻跟那個主管談起人生問題來，不像一個去求職的人。還有另外一個機會，我偏偏隔了兩天才去求職，代表公司接見我的，正是那個比我搶先一步的年輕人。他的任務是受命在「萬一我還去」的話，通知我這個職務已經有人了。

我找到一份報館的工作，做得很起勁，偏偏那家報館已經欠薪兩年了。

如果在這樣的時候，有一種外來的力量逼迫我，我就要被毀了。那可怕的環境的壓力，不肯讓我靜下來思索，不斷的，不放鬆的，要我去解決我不能解決的問題——儘管那問題是我必須解決的。

可是並沒有這樣的壓力。有人擋住它。

有一位親戚，不聽我母親的委婉解釋，自告奮勇的來勸告我。

「你是家裡的長子。你應該知道責任的重大。你有什麼打算？」

這句話，像針似的扎得我心痛。我站起來，避開了他，可是他緊跟著我，不肯放鬆。

「你總得找一件事做，不爲家裡著想，也爲你自己著想。」他步步進逼。

我忍耐著，躲避著，想逃。

他攔截，堵住一切的通路。最後，他激起了我的怒意，他使我神志昏亂。

「我天天都在這兒想。你想不想跟我一起想？」我說。

「什麼？」他說。

「你不是有個同學會嗎？」我忽然聽到母親的聲音。「開會的時間到了，你來不及了。」

我走進我的房間，披上外衣，走出了大門，根本沒有什麼同學會。

每一個年輕人都可能遭遇到人生的逆境，但是他遲早會從那逆境裡走出來。只有一種情形可能使他毀滅在逆境裡，那就是過分的關切所造成的焦躁，以及那焦躁對意義深遠的「自我掙扎」的干擾。

回想從前的日子，我感激母親。

母親了解我。

母親成全了我。

——選自麥田出版《鄉情》

3

舅爺

小時候，我跟弟弟在談話中提到的「外國人」，指的就是我的舅爺。

舅爺皮膚白晰像抹了一層雪花膏，有一個端正的，尖尖的歐洲人的鼻子，一年四季都穿著整齊合身的西服。他是一個講究究儀容的人，穿的西服都是最入時的，下巴刮得亮亮的，頭上每一根頭髮都是伏貼的，有美妙的曲線，帶著髮蠟的光澤。他身上散發著男性化妝品的迷人的香氣。

那時候，我們住在日本的神戶。舅爺的家就在我們家的大住宅對面，隔著馬路，是一座木造的兩層樓房。我常常站在大門口，指著對面的樓房，告訴比我小兩歲的弟弟說：「舅爺的家！」

弟弟就會回答我說：「我們不許去！」

舅爺對生活有一套講究，舅奶奶也是，因此他們的家裡永遠收拾得漂漂亮亮，乾乾淨淨，像一家旅館。整座樓梯都鋪著地毯，樓梯下有一個綠色的盆栽，樓梯轉折地方的平臺又是一盆，樓梯頂上還有一盆。樓下的客廳，樓上的走廊，都有大大的玻璃窗，掛著雙層窗帘，一層是薄紗，一層是能完全遮光的厚布帘。

他們家的桌子都是亮亮的，桌面的中央鋪著一小塊精緻的桌巾，上面一定擺著一小瓶鮮花。不管是自用或者是待客，拿出來的都是最好的細瓷器跟精美的餐具。他們吃的糖菓餅乾，都有最輝煌的包裝。屋裡到處都是精巧的擺設，讓你找不到一樣不講究的東西。

我所以知道得那麼清楚，是因爲父親、母親帶我跟弟弟去參觀過一次，只有一次。第二天我們還想去，可是母親再也不肯答應。母親很認真的跟我說：「你們兩個子孩子去這一趟，就要連累你舅奶奶擦半天。以後沒有我領著，誰也不許去。」

現在回想起來，舅爺屋裡那些器具擺設，如果請寫《紅樓夢》的曹雪芹那樣的人來描寫，可就有文章做了。例如：牆上掛著達文西畫的一幅「蒙娜麗莎的微笑」，鋼琴上擺著一座希臘米羅島出土的維納斯雕像，地上鋪著波斯出產的地毯，梳妝臺上擺著巴黎出品的「月夜韻律」香水，酒櫃裡一排美國加州出品的雕花水晶玻璃杯，牆角擺著一盆南美洲巴西出產的鐵樹，等等。換一個現代人的形容法：舅爺的家是「很有氣氛」的。甚至連一把雨傘，一雙木屐，也都是有來歷，有名堂，有講究的。

在我的記憶裡，舅爺家裡沒有一件等閒的東西，沒有一件東西不是爲了鑑賞才買的。我還記得那一天舅奶奶手裡來的一塊抹布，也是神戶大丸百貨公司的出品。

舅爺比我父親只大十幾歲，跟我父親的感情很好。父親的個性跟舅爺相反，喜歡粗樸實用的東西。父親有事到舅爺家去，總要先換一套整齊的西服，並且把鞋底弄乾淨。對父親來說，這些事情都是很麻煩的，所以他寧可在家裡等舅爺來。舅爺似乎也知道他的講究妨礙了親戚間密切的來往，所以他每天都要到我們家來看父親一趟。

父親交代過我不許摸舅爺的衣服，但是舅爺對我有一種特殊的感情。那種感情是連七歲的孩子也感覺得出來的，是一種很難形容的感情。除了長者的慈愛，除了他天性的仁厚以外，還含有對於「我是我爺爺的長孫」的尊重。換句話說，我的神態一定使他想起我爺爺在世時候的神態，也許因爲那神態實在太像了，竟使他相信某一種神祕的關於轉世的學說。我總算找到一個適當的形容。舅爺對待我，除了長者的仁愛以外，還含有尊敬，像先王的大臣看待新王所生的長得跟祖父一模一樣的太子。他相信這太子就是先王的再生。我幾乎可以想見我爺爺在世的時候，是怎麼樣的一位仁厚的長者，怎麼樣的得到舅爺的敬愛。在舅爺的心目中，我是金枝玉葉，儘管也是他的晚輩。

每次，舅爺像瀟灑整潔的外交官到我們家裡來的時候，總會彎腰跟我打招呼，掏出講究的糖果來送給我，很關心的向父親打聽我的健康狀況跟生活情形。

父親帶我們回到故鄉廈門以後，第二年，舅爺全家也回來了。父親母親帶我跟弟弟去看他。他住的是市郊的祖屋，是一座平房，門前的院子打掃得乾乾淨淨，正廳地上的每一塊大紅磚都洗得發亮，八仙桌跟供案也閃閃發光像剛打

過蠟似的。舅爺的兩個大孩子，就是我的表姑跟表叔，也都像剛洗過澡，剛換過衣服那樣的打扮得乾乾淨淨。

屋裡的擺設完全是中式的，不再是西洋式的，也不再是東洋式的，可是那乾淨的程度，仍然會使每一個小孩子覺得那裡不是一個理想的遊戲場，覺得那地方跟小孩子是不相容的。

舅爺很關心的向父親打聽我上學的情形，我的健康狀況，還有我是不是還愛吃咖哩飯，並且嘆息那時廈門還沒有像樣的冰淇淋好讓我吃。

那次見面以後不久，舅爺又回到日本去經商。長長的十五年的時間，我們沒有再見面。戰爭，逃難，流浪，我們家由殷實變成貧寒。我在人生的黃金時代接受最嚴格的生活的磨鍊。經過冰跟火的鍛鍊，我把我童年的任性跟驕傲連根拔起，學習了同情跟謙虛。父親也去世了，我由一個一生氣就用皮鞋尖踢人的孩子，變成一個滿懷理想的樸實的青年。

抗戰勝利以後，我來到臺灣，在很好的環境裡工作，看書。有一天，我

舅爺

接到舅爺的一封信。他跟舅奶奶從日本回國，經過臺灣，由家鄉打聽到我的地址，約我去跟他見面。他想看看我。

我已經不再是從前的我，我已經不再是「金枝玉葉」。我也有一顆小圖章，不過那是領薪水的，不像我父親當年的那顆圖章，那是領股息的，領紅利的。舅爺還會像從前那樣的看待我嗎？他能不把我看成傳奇裡的落難公子嗎？

我的猜想是沒有錯的，舅爺是把我看成落難公子。我的猜想也可以說是錯了，六十二歲的舅爺緊抱著落難公子，為公子的落難掉淚，竟說：「你父親不該那麼早去，叫你受這樣的苦。」

他親自去皮箱裡拿出兩件新襯衫，一件叫我換上，一件叫我帶著。我捨不得自己掙錢買的那件舊襯衫，想帶回來日後穿。舅爺激動的說：「扔掉它，你不該穿那樣的衣服。」我得了兩件新襯衫，但是也失去了一件舊的。

舅爺是臨時住在朋友家裡的。那時候已經近中午了，他堅持要帶我上西餐館。他帶我去的是我平日常常去加餐的一家餐廳。餐廳裡熟悉的招待走過來問我吃什麼。舅爺用長者的尊嚴態度吩咐說：「兩客上好的咖哩雞飯，兩客上好的冰淇淋。」

吃過中飯以後，他帶我到我平日常去的國際戲院，親自買了票，說：「這是臺北最好的電影院，設備不比東京差。」

看完了電影，他又帶我回到他住的地方，一件一件的搬出許多東西來給我。像我們從前那樣的家庭，是忌諱談錢的，所以他躊躇了一會兒，才開口說：「跟我坐船回去吧，在家鄉好些。」

我告訴他，我有很好的工作環境，暫時不想回去。他搖搖頭，嘆了一口氣。「你不該受這個苦。」他說。

一個在並不飽含溫情的社會裡生活過來的人，一心只想把自己的溫情奉獻給別人，讓別人少受一點無情的待遇，可是從來沒有想到自己能再享受到只有童年才能夠享受到的長者的鍾愛。跟舅爺告別以後，我等不及回到單身宿舍，等不及蒙上棉被，就已經在路上哭得像一個嬰兒。

現在，舅爺已經在天上，我受苦的時候，總會想起他說的「你不該受這個苦。」那句話。有這句話，只要有這句話，我受再大的苦都覺得是甜的。

——選自麥田出版《鄉情》

4

從小白球到小黃球

——我和桌球結緣的故事

我並不是「從小喜歡打桌球」的人。

讀小學的時候，只打過一次桌球。我的學校有籃球場、有跑道、有雙槓、有沙坑，卻沒有桌球設備。有一位同學帶了兩個木板球拍和一個桌球到教室裡來。他併攏四張課桌，用兩個書包架起一根長把兒的舊掃帚，代替球桌、球網。他獨占一邊，擔任發球。想打球的同學要在桌邊排隊，輪番上陣。接不到他發過來的球的，立刻被趕下；如果還想打，只有再去排隊。他威風凜凜，操控一切，因爲球是他帶來的。我上場兩次，第一次沒接到球；第二次，球拍碰到了球，儘管沒本事把球打回去，仍然高興萬分。這是我第一次「碰」桌球的經過。

隨著一家人逃難流浪的日子裡，曾經到過福建的漳州，在一間鄉村小學裡教書。同事們把一面舊黑板架在兩張課桌上，四塊紅磚架起一根細竹竿，讓這間設在祠堂裡的鄉村小學有了桌球設備。我也受邀練球。一個學過桌球的同事，特意「做球」讓我試著去接，只要我能把球「扶」過竹竿的那一邊，他就大加讚美。他的呵護，使我領悟到打桌球的一個重要概念：打桌球，就是把球打回對方的桌面！一個球手，如果能百無一失的做到這一點，就可以成爲球王。我的球技毫無著落，卻先成爲一個桌球理論家。

我初到臺北，是在國語推行委員會工作，我們的辦公廳就在國語實小裡面。國語實小的大禮堂，有一張舊球桌，一副舊球網。我開始以「從前打過」的桌球資歷，跟大家一起打球。我的每局「一比二十一」或「二比二十一」的成績，受到球友的歡迎，因爲他們可以拿我當球靶。我的老老實實、毫無攻擊力的接球，讓他們可以安心的練發球、練殺球、練推球，練用手腕彈球。他們的球技因我而精進，我的許多桌球概念，也因他們而開竅。

許多年以後，《國語日報》有了自己的桌球練習場地。同仁們打桌球的越來越多，開始組織球隊，訂製球衣。我也開始買了第一把自用球拍，不再拿「公用」的球拍打球。因爲練習的機會多了，累積的心得也逐漸豐富，我對桌球的興趣越來越濃，也肯花些時間「思考」桌球，打球的時候也出現過一些神來之筆的「直覺反應」。桌球終於成爲我最喜愛的「好玩的運動」。

我們曾經邀請許多機構的球隊到報社來打「友誼賽」，也曾經外出參加比賽。臺北市記者公會曾經設置了一個「記者之家」。記者之家爲新聞工作者舉辦第一屆記者盃桌球賽，我跟我的球伴柯劍星先生報名參加，竟得了「雙打冠軍」。除了錦旗、獎盃以外，我們還享有一項榮耀，就是由當年的女子雙打冠軍——陳寶貝和姚足搭檔，跟我們進行一場「指導賽」。我們很輕易的表現出「勝不驕」的美德，因爲我們這兩個冠軍高手實在不堪一擊。

我第一次打桌球，人家遞給我的球拍是「直板」球拍，我伸手去接，使用的卻是「橫板」的握法，從此以後，再也沒改變過。橫握「直板」，打來當然不順手，慢慢的也懂得打球向人借「橫板」。「橫板」可以雙面打球，這是它的好處。

從學打桌球到現在，球拍有許多變化。最初是會發出卡答卡答聲音的木板拍，桌球是可以「聽」的。後來逐漸流行「貼膠皮」。之後又一度流行「貼海綿」。現在流行的球拍，雖然還是貼膠皮，但是膠皮之下卻墊了一層薄薄的海綿，連木板也算在內，就像「三明治」。

「球」，也有它的演進史，最初的桌球是「小白球」。那時候，球員不能穿白色球衣，因爲白衣白球會使對方球員「目迷」。幾年前開始流行黃球，「小白球」變成「小黃球」，因爲黃色不容易受其他顏色干擾，容易辨認。這個改變，連球員不穿白衣的禁制也解除了。最近，桌球界又在醞釀把小黃球的直徑加長，球體加大，以便減緩球速，提升球迷看球賽的興趣。這種直徑加長的黃球，大家稱它爲「大球」。

桌球是一種運動，但是遊戲性很高。正式比賽，因爲打得認眞，加上四周的氣氛影響，球員往往繃著臉打球。但平日打球，雖然也打得認眞，卻往往笑聲不斷。神來之筆高難度動作，作勢殺球卻落空，疲於奔命的救球動作，以及情急之下的直覺反應，都會引發爆笑。

現代人常有的焦慮，在打球的時候往往忘得一乾二淨。打桌球可以使人忘憂。「瞬間反應」的高度要求，使常打桌球的人變得敏捷。我清理書桌，經常會不小心碰落文具或小擺設，在它墜地之前，我往往能在「半空中」把它接住。這種直覺反應是從打桌球訓練出來的。

注意對手的擊球動作，留心小球的奔向和彈跳力道，往往可以找出球的節奏。在這種節奏中打球，令人感到愉快，像聽音樂。

劍客們都相信劍術高低是「一物降一物」，沒有所謂「天下第一劍」。球技的琢磨沒有止境，愛打桌球的人常常有「新理論」問世。這就是它的趣味所在。

運動可以防病，打桌球也一樣。不單調，不乏味，更是桌球運動的特性，這也是我特別喜歡它的原因。

——原載二〇〇一年五月《幼獅少年》

5

餞別

念小學的時候，我有一個很談得來的同學。他住在我的老家廈門郊外的吳村。我們從小學四年級開始互相認識，養成放學結伴走一段路的習慣。我們步出校門，沿著濱海公路直走，到了叉路口才分手，我進入市區，他繼續往前走到鄉下。

他毛筆字寫得很好，臨摹的是清代皇室書法家「成親王」的字，身邊老帶著一本字帖《成親王竹枝詞》。因爲這個緣故，我給他取的外號就叫「成親王」。

小學畢業那年，我們因爲年紀都大了些，放學回家都不再走濱海公路，總喜歡進入市區，到處漫遊漫遊，或是到幾家電影院門廳去看預告照片，或是到書店裡去翻翻書。最後，他會陪我走到坐落在公園西路的我家大門口，然後揮手告別，獨自走向我心目中的遙遠的鄉下。

他家境清寒，從來不看電影，也不買書。他陪我漫遊，只是爲了可以多跟我說些話。他告訴我，小學畢業以後就要到一家雜貨店去當學徒。他說他一

餞別

切都已經準備好了。他會背文言文的尺牘，練好了毛筆字，學好了打算盤和記帳。他說，種菜的父親告訴他，這樣比較有前途。每次聽他談這些話，心中就會蒙上一層陰影。他告訴我的，是我們終歸要離別。

畢業典禮那一天，我們都穿了整齊的童子軍制服到學校拍畢業照。典禮結束，已經是中午。我們分別的時候到了。他不想直接回鄉下，願意陪我再到市區走走，然後送我回家。我們照樣到電影院的門廳去看看預告照片，到幾家書店去翻翻書。但是，我總覺得，在這個特別的日子，我應該做點兒什麼才對。

兩個童子軍走著走著，經過中華戲院旁邊的「新巴薩」。父親告訴過我，那是一個小吃世界。「巴薩」是波斯話，含有「市場」的意思。我聞到陣陣香氣，心裡一動，湧起一股豪氣，想到好朋友就要離別，應該好好兒請他吃一頓飯菜才對。這就是古人說的「餞別」！

「新巴薩」，我從來沒進去過。「餞別」，我也從來沒「餞」過。但是，該做的事就應該勇敢的去做。我決心請他吃飯。這是我第一次請客。我的憑藉是褲袋裡的一大把銅板，那是我積蓄下來要買書的。

我對「成親王」說：「我們進去！」

他遲疑了一下，抬頭仰望「新巴薩」門楣上的三個大字，小聲的說：「不大好吧？」

我說：「放心。」

兩個穿著整齊的童子軍，在「新巴薩」裡面輝煌的燈光下，找到一個小吃攤，在矮凳上坐了下來。我們點了許多廈門小吃：油飯、滷豆腐乾、炸雞肉捲、滷肉、香腸、魚丸湯。我滿腔熱情的，一直勸「成親王」添飯，吃菜。他卻吃得小心翼翼，一直用眼睛瞟我。

結帳的時候，我把褲袋裡所有的銅板都掏了出來。老闆看我是要用銅板結帳，就一直對我笑。計算的結果，我的錢不夠，還差二十個銅板，也就是兩毛錢。

我一聽，立刻滿臉通紅，低聲問「成親王」：「你帶了錢沒有？」

他低聲回答說：「我從來不帶錢。」我的窘態，看在鄰近幾個老闆和食客眼裡，一下子引爆了一場大笑。當時，我除了一頂大帽簷兒的「貝登堡」童子軍帽和一卷畢業證書以外，再也沒有任何値錢的東西。

那場面實在令人尷尬萬分，正在爲難，卻看見遠處一個小吃攤有人向我招手。我一看，原來是我家附近的一個鄰居，他也在這裡設攤做生意。

我跑了過去，他問我：「還差多少？」

「兩毛錢。」我說。

他從錢盒裡拿出兩毛錢來，遞給我說：「先拿去會帳吧！」

我會了帳，在大笑聲中拉著「成親王」跑出了新巴薩。

我的第一次請客，在兩趟滿頭大汗的奔跑中收場。第一趟是「成親王」陪我奔跑回家，在我家門口跟我告別。第二趟是我獨自一人奔跑到新巴薩去還錢。

當然，我又引爆了一場大笑。

——選自幼獅出版《孔雀魚之戀》

6

小電影院

我十二歲的時候，父親從日本買回來一部玩具電影放映機。這部電影放映機，構造很簡單。前方是一個鏡頭，可以調整放映出來的畫面，要大就大，要小就小。鏡頭的後面，是電影膠片通過的地方。膠片裝在放映機的上方，我只要搖動一個搖柄，就可以使電影膠片一格一格的在鏡頭後面通過。放映機的後方，有一個小箱子，裡面安裝一個電燈泡。

父親帶回來的影片，一共有十捲，每一捲都用一個圓鐵盒裝起來。這十捲，就等於是十部電影。這十部電影都是黑白卡通片，內容都是米老鼠的故事。

我家有一個留著準備堆雜物的小房間，當時還空著。父親把我帶到小房間裡，關上門窗，教我怎麼放映，並且親自搖動那個小小的搖柄，爲我放映了一部三分鐘的卡通影片。我站在架設放映機的小桌邊，靜靜欣賞放映在粉牆上的無聲影片，心中忽然湧起了做生意的念頭。

我找二弟來商量。我說我可以擔任放映師，由二弟擔任經理，兩個人合作開一家電影院，二弟很高興，立刻去畫了一張海報，上面歪歪斜斜的寫著「米老鼠釣魚」，那是我們選映的第一部影片。另外他又畫了十張電影票。我們商量好了，每張電影票的票價是一個銅板。那時候，我們小孩子買零食，通常只花一個銅板就夠了。這一個銅板，正好是我和表弟、表妹們都有的「一日所得」。

電影院開幕的那一天，是一個星期日。我一個人躲在小房間裡，架設好了放映機，安裝好了影片「米老鼠釣魚」。爲了加強放映效果，除了關好百葉窗以外，窗戶上還加掛了一條毯子。然後，我手拿一疊電影票，守在小房間門口，靜等著賣票。

二弟在院子裡貼了海報，並且站在海報旁邊宣傳。不久，他就帶來了一個表弟、三個表妹。很顯然的，他雖然極力描寫這一部電影有多好多好，卻忘了告訴觀衆們這不是免費電影。表弟表妹一到了我們住的三樓，不管三七二十一，就想湧進我們的小電影院。

我攔在房門口，高呼要買票，每人一個銅板。

表弟表妹們楞在房門口。他們身上都有一個銅板，可是捨不得掏出來。我看他們拿不定主意，就說不買票就看不到電影。

表弟先下了決心，掏出一個銅板來。我賣給他一張票，幫他撕了票，放他進門，叫他坐在小椅子上等。三個表妹站在門外，瞪著我，一聲不響。

大家僵持了五分鐘。我堅決的說：「沒有別的人了。好，關門，現在就放電影！」

二弟關上了門，站在外面守著。我扭亮了放映機的燈泡，正準備為孤零零的一個顧客放映「米老鼠釣魚」。

門又開了。二弟把三個表妹帶了進來。我很高興的問：「都買了票啦？」

二弟低聲說：「都哭了！不管它，你放吧！」

我很順利的放映了「米老鼠釣魚」。表弟表妹們一邊欣賞，一邊嘻嘻的笑。放映完了，我打開窗戶，撤下毯子，放進亮光，對觀衆宣布：「下星期天還有，片子比這一部還好看。」

三個表妹高高興興的走了。表弟卻向我走來，伸出手，怒沖沖的說：「不公平！把一個銅板還給我！我要買東西吃。」

我看看二弟，二弟看看我。

我總不能白白放映一部電影，連一點收入也沒有，所以就對二弟搖搖頭。

二弟心軟，一看到表弟要哭的樣子，就對我點點頭。我搖搖頭，他點點頭。我又搖搖頭，他又點點頭。

最後，我沒辦法，只好把剛放進口袋的一個銅板掏出來，還給了表弟。

表弟拿銅板，也高高興興的走了。

——原載一九八二年二月二十二日《新生報》

7

坐火車

我像一棵樹，我簡直就是一棵樹——我是不旅行的生物。

德國哲學家「康德」，一生沒離開過他的「康尼斯堡」，是有名的「從來不旅行」的人。他出生在「康尼斯堡」，在「康尼斯堡」求學，在「康尼斯堡大學」教書，在「康尼斯堡」沉思，然後，回到「康尼斯堡」的地底下去。他是「康尼斯堡」的一棵「沉思的樹」。

一年，兩年，兩年來我幾乎沒離開過我的臺北一步——只有一次，我走過一道橋，到新店溪對岸的永和去看一個朋友，那算是我走出臺北最遠的一次了。儘管是這樣，儘管我總算到「外縣」去旅行了一趟，我還是不如「康德」。

康德每天都可以享受一次他那有名的「散步」，走進靜靜的鄉間，用緩慢自在的腳步，「發動」他肩膀上那部「思想的機器」。他「深入」鄉間。他的思維也深入了他那「純理性評判」的核心。他的著名的哲學著作，是他散步十萬里的產物。他像巨人那樣孤獨，但是日子仍然過得像凡人那樣充實。孤獨而充實，多了不起！

我連這個「散步」也沒有。我只能在上班的時候，假想我是在散步，但是我的急促、不自在的腳步，並不能發動我的「思想的機器」。我在人行道上走著就像在河岸上走著，身邊就是滔滔滾滾的「車流」。橫越馬路的時候，我小心像過街的老鼠，機警像身上有「雷達」的蝙蝠。我連「二加二是多少」都不敢演算，怎麼還敢思想？

很「不幸」的是我的家又離辦公室那麼近，星期六下午馬路上汽車最少的時刻，街上那寧靜的氣氛使我不知不覺的打開了「思想的機器」。可惜的是思想的「華麗的序曲」剛剛開始演奏不久，我已經又不知不覺的掏出我的鑰匙低頭去找鎖眼——我到家啦。

「康德」是不旅行的，但是他散步。散步是在熟悉的老環境裡「旅行」，用「旅行」的心情重新體會熟悉的老環境的美趣。我既不旅行，也不散步，所以我很容易成為「厭倦」的俘虜。

我每天上下班一定要經過的一條「捷徑」巷子裡有一家小雜貨店。我每次從店門外經過，老闆娘一定要回頭去看看牆上的掛鐘。她已經拿我來「對時」了。

櫻櫻報名參加暑期青年活動。這活動是要在臺中報到的，她這個從來沒自己出過遠門的臺北人，要我送她一送。我對這一段一百七十五公里的鐵路旅行有很濃厚的興趣。辦公室鋁窗外那一座兩層樓的醫院建築已經看了兩年。我應該看另外一種窗，那窗外有青山，有農田，有河流，有鐵橋，有小鎮，有公路。我喜歡火車上那種「窗下」生活：一杯茶，一份報，一張軟軟的坐臥兩用沙發；睡一程，醒一程，睡一站，醒一站。

我喜歡聽「各位旅客，苗栗到了，苗栗到了！」的懶洋洋的「到站報告」。

我也很喜歡過山洞：車窗玻璃忽然變成黑色，車廂裡燈火輝煌，一陣震耳欲聾的鬧聲過後，眼前一亮，火車又走進了「白天」。

坐火車

我答應送櫻櫻到臺中去以後，知道這消息的瑋瑋也開始進行她自己的活動。

瑋瑋是家裡的小「康德」，「旅行」最少，對火車的憧憬最濃。她在成都路見過幾次「所有的汽車都停下來讓路」的火車。她也知道火車裡「坐」的都是人，就是沒機會使自己也成爲「火車裡的人」。

她經常抱怨：「我從來沒坐過火車！」所以媽媽特地在一個星期日的下午，陪她從臺北火車站搭火車「旅行」到圓山。她回來很興奮的報告「旅途」印象：「我看到路邊有幾隻眞正的小雞兒！」

父母親都是被人用來「對時」的人物，星期日當然只有更勤奮，不會有什麼好「節目」，瑋瑋這個暑假就只好「閉門讀書」了。她啃過注音本的《五百頂帽子》、《小豬和蜘蛛》，現在正在「進行」一本張伯母寫的《孝心橋》。

這個突然來的「旅行消息」她當然不肯放過。

她請求過櫻櫻，請求過媽媽，都沒有結果。這個從來不肯低聲下氣的人，竟很令人感動的跟我說：「讓我去，好不好？」

「好！」

因爲有兩年沒到過火車站，我特地到那兒去買了一本「旅客列車時刻表」，然後參觀了「整個車站的設備」，跟「所有的窗口」交換了一兩句話，細讀了所有的指示牌跟所有的「規則」，連旅客留言黑板上的「小母雞，下午一時在此會面。」也都讀了。不到一刻鐘，我對這個大城市裡「表格最多的建築物的內部」，就有了一個大概的了解。我這個資格最老的臺北人，其實是很「鄉下佬」的。

託好朋友買好了車票，第二天早上，就帶著櫻櫻、瑋瑋到車站去搭車，這一回我對車站的熟悉，足夠給車站裡任何一個旅客當「導遊」。都市生活越來越複雜，也許不久的將來，車站都要附設「旅客講習班」。出外旅行的人都得在前一天參加一小時的講習，才有起碼的能力「運用」我們的公共設施。不然的話，就得學我：研究過戰場再作戰。

坐火車

櫻櫻是老乘客，火車的一切設施她都懂得利用。瑋瑋是生手，車廂裡的氣氛使她興奮。她達到她的願望，眞正的成爲長程火車的乘客。不久，她就迷上了車窗，鼻尖頂著窗玻璃，一幅不漏的閱讀窗上的「地理插圖」。

車子到了臺中，瑋瑋不得不相信除了臺北以外，還有別的「臺北」，這是她親身的經歷。別的「臺北」，就叫「臺中」。

我們先送櫻櫻到教師會館去報到，去跟臺南來的同學會合，然後再送她到樓上的女生宿舍。

我先下樓，讓瑋瑋留在樓上練習跟櫻櫻告別。她下樓來的時候，表情非常憤慨。「告別」沒成功，因爲櫻櫻只顧跟「自己的同學」說話，「跟她說再見都不理人」。我安慰她，鼓勵她再去一次。

第二次她下樓來，表情很愉快，「告別」成功了：「我跟她說再見，她也跟我說再見。『她自己的同學』也跟我說再見。不管她們了，我們走吧！」

現在成爲我跟瑋瑋兩個人的「旅行」了。

我帶她到臺中公園去走走，去看人划船。

「划不划？」我問她。

「好吧。」她說。但是她很細心，要上船的時候，她退後一步：「你先划一圈讓我看看，我再上船。」

我向她說明我是從小就會划船的，而且人工湖根本就不深，她才放心上船。船走動起來。她笑了。

我們是搭夜班車回來的，我也替她買了一個半票坐位。她一上車，就舒舒服服的睡著了。

我手裡拿著晚報，看著車窗外一個城，一個鎮，一個村，向車後飛去。我心裡所想的，不只是一個實現了坐長程火車的夢的孩子的簡短故事。我也想到我自己的。

我自己的是一個什麼「故事」呢？一個父親，一個坐過了無數次火車的父親，爲了不同的原因，也熱切的做著再坐一次長程火車的夢。在他眞的實現了那個夢想的時候，他心裡的喜悅，跟坐在他身邊那個小學一年級女生竟是完全一樣的。

——選自麥田出版《月光下織錦》

8

划船

童年在故鄉，星期日最愛聽的一句話，是父親說的：「划船！誰去？」

父親的這句話很有號召力。他湊滿一船人是很容易的；難的是有時候因爲人數過多，不得不淘汰一兩個申請人。我們光榮的出征，背後總有傷心的「童聲喇叭」相送。

公園就在馬路對面。我們只要橫過馬路，翻過公園的鐵欄杆，就可以看到綠綠的人工湖水，在斜坡下蕩漾。沿著湖岸繞過去，就到了伸入湖面的方形遊艇碼頭。那幾條潔白的小遊艇，熱熱鬧鬧的停靠在碼頭邊，像幾條大白魚在搶一塊大餅乾。

我們三個小孩子，實際上都只是乘客，只有父親才是眞正的划船人。水是平靜的，船是平穩的。我沒體驗過划船的辛勞，只微微的感覺到船的動力來源是父親罷了。我享受到「滑行」的樂趣，像坐一部白車在綠馬路上行進。

船從一座白色大石橋的橋洞下穿過，繞過一個琵琶形小半島的尖端，進入一條兩岸都是垂柳的水道，再鑽過一座拱橋，就又回到了湖面開闊的遊艇碼頭附近來了。

雖然童年所看到的一切東西都「大」，但是我仍然相信那個人工湖在成年人的眼中也並不很小。我二十二歲再回故鄉，又看到那個人工湖，發現它並沒因為我年齡的增長而「縮小」。

我最喜歡的一段路，就是那兩岸都是垂柳，而且有一座鐵拱橋好鑽的那一段。父親常常有意把船划進「柳簾」，讓柳絲披肩，讓柳絲拂面，然後穿簾而出，使我們的船，使我們自己，都成為「風景」。

父親跟我們兄妹三個，靜靜的體會那美趣。大家都不說話，大家都愛聽雙槳激起的水聲。我二十二歲那年，穿著成人的皮鞋再到那柳岸去散步，在心中重畫那白色小遊艇穿簾而出的圖畫，每次都畫得非常成功。一條白色小遊艇從柳簾裡走出來，划船的是一個戴眼鏡的父親，坐船的是三個不說話的小孩子。我還能清晰的聽到那喋喋的水聲。

我來到臺灣以後，有一年，臺北淡水河邊出現了許多小遊艇。我有許多回走到河邊去看船，去摸摸白色的船身，去握握槳把兒，去懷念童年，但是我不敢嘗試。

河水是流動的。我不知道自己是不是控制得了船身，總怕船會在中流打轉兒，漂過中正橋、臺北大橋，然後進入大海，然後在浪花裡消失了蹤影。

白色的小划船強烈的誘惑著我，可是我躊躇，沒有勇氣向管船的孩子做出「解纜」的手勢。我成爲一個愛船的人，天天去看船，摸船，但是不划船。

一天夜裡，河面上的遊艇差不多都靠了岸。月亮還沒上來，四周很靜，水流和緩。我受到那一片祥和氣氛的鼓勵，就向那管船的孩子做出了一直想做的那個手勢。

我坐在船裡，抓住雙槳。那孩子把船往外一推，船身就滑離了碼頭。我坐直了身子，父親當年划船的身影出現我的記憶裡。我模仿著父親的動作，第一槳打到水裡就是「對」的。我把船頭掉向中正橋，順著水流划去。船走得很平穩。我很能用槳控制船頭的方向。小船是很容易駕馭的，我的小船劃破了水上的橋影，繞過一個橋墩，然後逆水行舟，向上游前進。

第一對槳划過以後，在船的衝力還沒消失以前，趕緊再划一對槳，這樣就可以使船越走越快了。我好像早就得了父親的傳授似的，一握槳就成老手。我讓小船在河面上「溜冰」，向任何方向前進，願意掉頭就掉頭，願意加速就加速。我成了內行的划船人——在第一次握槳的那一天。

我勝利的把船划回碼頭。月亮也上來了。我在銀光中上了岸。從此以後，每天傍晚我就去租船遊河，像玩玩具那樣的玩船，像騎腳踏車那樣的操縱我的小船。

朋友也都來了。我們常常結伴去租船，一人一條，在河面上「接龍」，在河面上追逐。我們都成為月光下，槳聲裡的大孩子。有時候也翻過船，人從船上滾落水裡，渾身溼透。船倒扣在水面上，周圍的游泳人會過來幫忙，再把船翻過來。那時候，我快樂得像一隻青蛙，岸上，水上，自由來去，來去自由。

年齡漸漸大了，河邊也去得少了，手上握槳的繭子也逐漸平伏，被握筆的藺子所代替。月光槳聲的歡樂年華過去了。書頁聲代替了槳聲。檯燈代替了月光。沉默的思索，代替了歡笑。

走完了「蛻變」的歷程，我也變成一個戴眼鏡的父親，有了自己的孩子。像天下所有的父親一樣，我很想把自己所經驗過的、許多美好的「人生故事」講給孩子聽，但是孩子喜歡的卻是童話。孩子關心三隻小豬的遭遇，勝過父親自己充任主角的那些「沒有情節的故事」。

我不知道這種沒有情節的故事該怎麼說。「我小時候，有一次，我的父親——你的爺爺，帶我去划船。」

「後來呢？」

「後來我們就回家吃中飯了。」

不過我相信總有機會，總有最適當的方式，可以讓我對孩子講一講我最想說的故事。

一年暑假，我帶櫻櫻、琪琪到臺中去旅行。臺中公園是有人工湖的。那時候離火車的開車時刻還有兩小時，我們帶著一路買來的大包小包，到公園人工湖旁邊那個有名的三角亭裡去憑欄看水。有一條小遊艇，從亭下的水面滑過，像一隻天鵝。那小船也是白的，那湖水也是綠的。我的「記憶」，又走進童年的那幅圖畫裡。

我帶她們到了遊艇碼頭，扶她們在船裡坐好，然後我自己也坐進「父親的座位」。我用握筆的手去握槳。管船的孩子輕輕把船往外一推，船從碼頭邊滑出去，是我童年故鄉公園裡那條船的滑法，也是淡水河邊那條船的滑法，一絲不差。

我的第一個動作是掉轉船頭，讓它向著有橋洞鑽的方向。

「爸爸，你是什麼時候學會了划船的？」櫻櫻說。

「像你們這麼小的時候，也是在公園裡。」我說。

然後，我找到了說那個「沒有情節的故事」的最好方法——讓我的一對槳去說吧！

船在綠水裡緩緩的前進。船走進了岸邊有樹的水道。船鑽過橋洞。那一對槳激起了水聲，水聲喋喋的替我說出我想說的那個「沒有情節的故事」。水說。她們用「感覺」去聽。我自己也用心的聽這個講了第三遍的老故事。那是一個最溫暖的老故事。

故事講完了以後，小船也靠了碼頭。我總算在北上的火車還沒進站以前，把那美好的故事講完了。我希望她們也能永遠記得這個故事。

——選自麥田出版《月光下織錦》

9

我和鵝

很久很久以前，當我還是一個十八、九歲的大男孩的時候，有一隻鵝走進了我的生活。從此以後，我的精神世界裡就永遠有一個大白鵝的影子，像一團雪球，搖過來，晃過去，再也抹不掉。

這隻大白鵝眞是又肥又大，把牠抱起來要費相當的力氣。尤其是牠展翅飛奔的時候，那架式，那氣勢，就像一隻我想像中的白色大鵬。我永遠忘不了在牠前方哀號奔逃的那隻黃狗的模樣——就像老鷹追擊下的一隻老鼠。

那一年，我家逃難到漳州。我們住在一座舊樓房的二樓。地方很大，我們只用了兩間臥室，整個大廳空著沒用。難民只帶衣箱，沒聽說還帶著家具的。因此，大廳就成了一家人散步的廣場。

有一天，母親聽到賣菜的小販在樓下叫賣，就下樓去買些青菜，看見有人賣小鵝，覺得有趣，問起價錢，也還便宜，就順便買了一隻，帶上樓來。當然，那大廳就成了養鵝場了。

小弟那年只有八歲，儘管也陪我們嘗過逃難滋味，卻從來不把逃難看成什麼不幸。他的快樂童年似乎完美無缺。往日生活的殷實安定，眼前日子的漂泊不定，只要稍稍比較比較，就會使父親、母親覺得灰心沮喪。我跟二弟、大妹，也都過慣好日子，對逃難生活也有無法忍受的感覺。

小弟就不同了。對他來說，人生就是逃難，逃難就是人生。他沒有東西可以作比較，一切的一切，本來就是這樣，不值得奇怪，他穿的是什麼衣服，就認爲人生該穿的就是那樣的衣服。他吃的什麼飯，就認爲人生該吃的就是那樣的飯。一隻有黃色細毛的小鵝，對他來說，就是一切歡樂的泉源。

家裡既然有「廣場」，現在又有了一隻鵝，小弟就可以在廣場上養鵝了。可惜的是鵝太小，不能滿足小弟的希望。小弟把他對一隻大鵝的期待，完全放在一隻稚嫩的小鵝身上，當然要常常嘗到失望的苦果。他裝了一臉盆水，要小鵝游泳，結果小鵝並不很聽話，弄得滿地是水。他想像中的那幅「綠池白鵝」的美麗畫面破滅了。

他用溫和的語氣，吩咐小鵝陪他在廣場上繞圈子。結果是，他自己繞了好幾個圈子，小鵝卻自顧自的晃到臥室門外，向裡面窺探，根本不把小弟放在「注意圈」內。小弟對小鵝的評語是：「你好笨！」

小弟很愛這隻一直令他失望的小鵝。愛，使他學會了責任。小鵝愛吃的鵝草，都是他每天走遠路去拔來的。這件事使母親非常高興，非常自豪。她認爲小鵝使小弟變得懂事了。這也證明了她買小鵝買對了。

漳州跟我國一般小城一樣，是由一條街發展成的。有了一條街，再由那條街爲主，發展出幾條橫街，街道多了，就形成了城市。在發展的初期，街道是在田野中逐漸形成的，所以街道兩邊的房子背後，往往還是農田。前門是街，後門是田的情況，十分普遍。

離我們家不遠的地方，有一條黃土公路。公路邊有一個很大的池塘，池塘四周長滿了鵝愛吃的鵝草。小弟每天早上，會自己一個人悄悄出門，到池塘邊去拔些鵝草回來餵鵝。他完全把這件事當作他的責任。

起初，我對這隻鵝並不發生興趣。那時候我已經在一個小學裡教書，每天

我和鵝

早上出門，中午趕回家吃一頓中飯，立刻又匆匆忙忙的趕回學校，一直忙到傍晚才能休息。這樣的生活，使我完全忽略了我跟小弟的感情。可是小鵝進門以後，我對於能夠獨自出門拔鵝草的小弟發生了興趣。我經常找機會跟他一起去拔鵝草，因爲鵝草的關係，我們開始有了「談話」。

我跟小弟的談話，完全是一種「兒童文學」。我要學習把話說得又簡單，又具體，又生動。有一次我勸他要用心認字。我說：「見到書上的字都要喊得出它的名字，還要能形容它的模樣。」爲了勸他跟同學和好，我說：「見了同學，都要跟他笑一笑。」勸他不要發脾氣，我說：「生氣就是生病。」爲了那隻小鵝的緣故，我跟小弟變得很有話說。

互相親近的是我跟小弟，並不是跟那隻小鵝。對於那隻已經長得不大不小，毛色黃中帶灰的怪鳥，我並沒有好感。直到有一天下午我回家，因爲看不見小弟，也看不見那隻鵝，我才問母親：「『他們』都到哪兒去啦？」

「你三弟放鵝去了。」母親說。

「哪兒?」

「大池塘。」

小弟變成一個牧鵝童了。我對這件事非常好奇,很希望能找一個機會去看看小弟怎麼放鵝。對別人來說,這是一件最容易不過的事,說去就去,要去就去。可是對我來說,事情就不那麼簡單了。我是一個小學教師,每天放學以後,同事們要跟我討論這個,討論那個:小學生要問我這個,問我那個。再加上,我喜歡留在學校等值日生掃過地走了,和校工巡視過教室以後,再坦然的走路回家。想找機會到大池塘去看小弟放鵝,並不很容易。

我又是一個看書迷,一回家就鑽進我和二弟共用的破臥室,端起書來就看,直看到燈亮,母親喊吃飯,才肯把書放下。飯桌上見了小弟,也只能問一聲:「放鵝去了?」至於他和那隻鵝怎麼去,怎麼回家,逗留在大池塘邊又是怎麼樣的一種情況,我一點兒也不知道。這件事情,越來越引起我的好奇。

我和鵝

一天下午，我在破臥室裡看書等吃飯，聽到樓梯那邊傳來小弟的吆喝聲：「快上去！快上去！」

我的心一動，立刻扔下書，衝向樓梯口。我還沒有走到那兒，就看見一團白影子撲向樓上來。我吃了一驚，再看，那一大團白影子已經濃縮成一隻挺拔的白鵝。這麼漂亮的白鵝，就是我們家那隻「醜小鴨」變成的嗎？

這隻白鵝，渾身雪白，有一個結實有力的脖子。牠的小腦袋上，藍眼睛炯炯發光，黃嘴堅硬像銅器。牠胸部發達像一個游泳健將。稍稍遜色的部位是腳，邁起步來顯得笨拙，軟弱，遲緩。這使我想起愛鵝的王羲之先生。如果我猜得不錯，他喜歡的一定是鵝脖子矯健靈巧的動作。如果他欣賞的是鵝的腳，那麼他的書藝一定會受到一些不良的影響。

小弟跟在大白鵝背後，也衝上樓來了。我問他：「這是我們家的鵝嗎？」

小弟很疑惑的說：「是啊！」

我很感慨的說：「沒想到這隻鵝已經會自己上樓了。」

「也會自己下樓。」小弟說。

「滾下去的？」我難免想起大白鵝軟弱的腿。

「不。」小弟說。

他伸開雙臂，作了一個撲翅的姿勢。

我懂了。大白鵝有一對有力的翅膀，難怪牠上樓的時候會那樣聲勢浩大。我相信，牠下樓的時候，一定也會運用那一對白色的大翅膀。牠是飛身上樓，飛身下樓。

從那一天起，我對大白鵝另眼看待，對牠懷著敬意，而且心中有以牠爲榮的感覺。「這是一隻很體面的鵝！」我告訴我自己。

可是，還有一件事情我最想知道。那就是，小弟和大白鵝每天下午在大池塘邊做些什麼。想去看看的欲望太強烈了，所以第二天下午我不顧一切的推掉了所有的談話，所有的不屬於我的責任，一放學就匆匆忙忙的趕到大池塘邊去了。

我看見小弟坐在池塘邊的草地上，很自在的看著天空的白雲出神。他的身邊並沒有那隻大白鵝。

我在小弟身邊坐下。「大白鵝呢？」我問。

小弟用他手中的竹子向池塘中一指。我看見池塘中有十幾隻鵝在那裡游水。

我說：「你認得出我們的大白鵝嗎？」

「認得。」小弟說。「就是脖子挺得很直的那一隻。」

我也認出來了。牠真是鵝群裡最出色的一隻。在斜陽下，牠的羽毛是最白的，牠的體態是最挺拔的，還有牠的泳姿，也是鵝群中最美的。我和小弟靜靜坐在草地上看那隻鵝，一直看到夕陽西下。

小弟站了起來，搖動手中的細竹子，用嘹亮的童音高呼：「大白鵝回家！」

鵝群有點兒混亂，幾隻鵝紛紛向兩邊跑開。我們的大白鵝自在的游到淺

灘，搖搖擺擺的走上岸來。牠並不停留，似乎是認得路，信心十足的順著回家的路走去。小弟跟著牠，我跟著小弟。

夕陽剛落，立刻就是暮色四合。我靜靜的走著，忽然想起天黑的這麼快，讓小弟每天自己一個人這樣走回家是不是妥當的問題。前面傳來大白鵝嘎嘎的叫聲。我抬頭一看，是一條黃狗，正想掉頭走開。我猜想，黃狗最初可能不怎麼把大白鵝放在眼裡，想走過來逗逗牠。現在，大白鵝惱了，猛然張開一對大白翅膀，伸直脖子像一根長矛，向黃狗衝了過去，多勇猛的大白鵝！

有這樣的一隻大白鵝作伴兒，小弟一定是很安全的，我想。

事情就是這樣。大白鵝的英姿，一直留在我的記憶中。遇到閑下來的時候，我很喜歡回想一下過去的那些日子裡，我曾經跟哪些動物作過朋友。狗、鳥、白兔、烏龜、馬、火雞……不管我能想起多少，只要那大白鵝一出現，其他的動物就不再有地位了。我會一直想那隻活躍的大白鵝，像陶醉在一部完美影片裡。

——選自麥田出版《小方舟》

10

那隻熊

那時候兩個人，我跟他，實在都非常年輕，年輕得使我的回憶充滿羨慕的意味，對他，也對我自己，我羨慕我自己曾經那麼年輕過，像夏天迎風搖擺的芭蕉，像驟雨洗過的一張荷葉。

他的出現攪擾了我的平靜。

那樣寬，那樣厚實的肩膀是我從來沒見過的，那樣的肩膀，那樣的堅固，那樣的肩膀能承載一百斤，一千斤，一萬斤，我告訴我自己：「那樣的肩膀能承載一切的重量！」

打畫稿的時候，我告訴我的小學生：「一個立正的人，他的軀體藏在一個豎起來的長方形裡。」他的出現擾亂了我的秩序感，我會告訴我的小學生說：「立正的許老師，他的軀體藏在一個正方形裡。」那樣寬的肩膀！

那樣寬的肩膀，那樣廣大的胸膛，胸膛是一塊很大的畫布，把我斯文秀氣的上半身的身影，影印在那一塊大畫布上，只需要一半的平面，畫布是指那平面，那胸膛實在是一堵牆，城牆。

我不喜歡那樣子的握手，那是人跟棒球捕手的手套握手：人的手被一隻大手握在手心裡，握過手，我對自己說：「總算逃出來了，我的手。」

那頭顱給人的感覺是，一個像籃球那麼大的排球，臉上器官的配置都那麼均勻合適，但是，都那麼大。我的小同鄉，年輕的女老師，林思，後來爲他取的那個親切的綽號是很容易使人會心的：「大一號」，許老師許達三的整個身體，確實給人一種比常人大一號的感覺。

他的半身照片，那是我珍惜的一張照片，給人的印象是美好的，那是一個臉上帶著英氣的年輕人的半身照。那張含笑的臉可以適合任何體型。只有我，跟他握過手，才知道他眞正的大小。這年輕人是一座山，熊似的在我的記憶裡來回走動。

他是喜歡笑的，方臉上的笑容是大大方方的，他的笑，雪白閃亮，很少的南方人有他那樣潔淨整齊的牙齒。他的眼神，不是容易使我著迷的深思的眼神，那眼神是坦白的，豪爽的，可是有排他性。坦白是一切，豪爽是一切，既然是一切，就不該再有其他的一切，一切不坦白的，一切不豪爽的。他的眼神告訴你，他的靈魂的江山是雄偉單純的，單純得容易為其他的美質所激怒，因為其他的美質會破壞那雄偉的單純。

在我們握手的時候，我感覺到兩個靈魂的反彈。

年輕的女老師，林思，替我們兩個人作介紹的時候，我肯定兩個人都有相同的感覺：「到底林思是要把我介紹給他。還是要把他介紹給我？到底林思是為誰介紹一個新朋友？」

他來了，他也到福建龍溪縣這個小鎮的中心小學來服務。他加入我們這個年輕的群體，我們是真正年輕的教書人，最年長的校長只有二十六歲，我，二十一歲，他，許老師許達三，這個新來的人，只大我三歲。他含笑看著我，像兄長看著小弟弟，他的笑容告訴我，他滿心高興的接受這個小弟弟，他單純的想法裡的單純的小弟弟。

每天，校工敲鐘，我們上課，校工敲鐘，我們下課。最有規律的生活，最有規律的節奏，把我陶鑄成一個盡職的教師，我沉醉在教育的理想裡，這個不是師範出身的年輕人平平靜靜的讀了三本教育概論，懷著奉獻的熱情，體會到教育工作者的基本條件是要對職業虔敬，要盡職。

年輕人的思想，不論多崇高，都是排他的，我知道，因爲我年輕過。年歲對年輕人有益，年歲培養年輕人的智慧，使他一天就能達到眞正的開闊。

教育工作者要對職業虔敬，這思想是好的，但是年輕的心永遠不知道容忍不虔敬的人，永遠不知道偉大的教育精神是指有無窮耐心的愛。年輕的教育工作者的思想，因爲年輕的緣故，往往是反教育精神的，我指的是我自己，我的敘述就是我的懺悔。

校工打鐘，那鐘聲似乎從來沒打動過許老師許達三的心，他豪爽的笑著，學校的規律似乎永遠不能影響他分毫。他是那樣的有吸引力，他的吸引力使神聖的鐘聲失去了意義。他總是吸引幾位老師，滯留在辦公廳裡，豪爽的，不拘小節的談著，等到談夠了，這隻熊才猛然醒覺，邁著大大的步子，走進小小的教室，他用豪爽的語彙對那些「小鬼」呼喊著：「靜下來，鬧夠了吧？靜下來？鬧夠了吧？」這隻熊，這隻熊！

同樣也不是師範出身的許老師，跟我剛到這個學校來的時候一樣，像騎馬走進了教室，他踐踏了一切規矩。這隻熊激怒了對教育工作懷著虔敬的小學部主任，這主任年輕得很，這主任就是我。這學校本來是一間祠堂，這祠堂卻是我的教育的殿堂，這隻在祠堂裡橫衝直撞的熊激怒了我。

有一天，上課鐘響了以後，因爲年輕，所以格外容易嚴肅，這隻憤怒的小獅走近了那豪爽的笑著的小群。除了那隻熊，其他的人都醒覺過來，匆匆趕到教室去了。

小獅抑制住心中的憤怒，平和的說：「許老師，已經上課啦！」

我看到這隻熊眼中露出對小氣的鄙夷，露出鴻鵠對麻雀的鄙夷，他轉過頭去，冷笑一聲，用兩隻大大的指頭捏起薄薄的課本，邁著緩慢的，沉重的步子，一步是一步的，慢慢向教室踱去。

兩種不同的精神價值觀念決裂了。

不久以後，我的耳朵常常聽到一個像是存在又像是不存在的耳語運動正在進行。我常常聽到他們使用一個不知道是指誰的綽號：「做官的」。我生活在非常寒冷的空氣中，除了女老師林思，我所接觸到的任何一個人，幾乎都用最冷淡的態度跟我說話。

有一次，我聽到四個這樣的字：「不近人情」。

有一次，我聽到另外四個字：「狗拿耗子」。

很顯然的，這隻熊比我有吸引力得多，這隻熊有一個小群。但是這隻小獅子只有自己的影子，似乎只有更專注的奉獻，才能減輕我心中的痛楚。我跟我班上的小孩子更接近了，我變得更能了解小孩子。另外一方面，我跟成人疏遠了，我躲避那個冰天，那個雪地。

校工找到一個收入好的差事，要辭職，我教的是六年級，班上有一個長得很高大的男孩子盼望得到校工留下的職位，賺錢貼補家用。他本來應該退學，但是我跟校長說了，使這孩子變成一個工讀生。白天，他把校工用的鬧鐘放在自己的課桌上，按時去敲上下課的鐘。晚上，他住在工友室裡，溫習功課，盡守夜的職務。全班、全校的孩子對他們這個同學的工作發生濃厚的興趣，下課，工友室擠滿了孩子。這最年輕最不寂寞的小校工，排了一張很長的敲鐘輪流表，中高年級小孩子的名字幾乎都在那張輪流表上。小孩子對我有一份好感，他們經常用掌聲歡迎我走上升旗台，用掌聲接受我的朝會講話，用掌聲歡送我由升旗台走回地面。我稱呼「各位同學」的時候，他們立正立得很直，很有力，響起一聲軍中徒手操最能表現軍威的響聲：「刷」！我曾經因爲率直衝動得罪了一個人，一群人，跌落在冰窖，現在，一群孩子過來圍繞著我，給我溫暖。

年輕使一個人純潔像一張紙，容易燃燒也像一張紙，年輕人一旦憤怒，就會把憤怒的對象看成人群中的敗類。這一群可愛的孩子，使我跟這隻熊醞釀了新誤會，我是那隻熊眼中的敗類，我在那兒搞花樣，他對人說。

那隻熊

那時候的鄉間小學，一星期要上六天半的課，只有星期日下午休息，我珍惜那半天的清閒，喜歡留在學校裡，在令人愉快的小孩子的遊戲笑語聲中安靜的讀書。但是那隻熊也喜歡星期日下午這裡的氣氛，他跟他的一群選定了這個地方度週末，孩子的笑語，成人的笑語，這裡的笑語聲太多了，不再是一個適宜讀書的地方。我躲開了，回到並不寬敞的家，在小書桌上用功，把和平安寧的辦公廳讓給那隻熊。有一位跟我談得來的年輕同事暗示我說，星期日下午的大辦公廳，已經不是我喜愛的大書房了，現在最適當的形容，應該叫它「憤怒之廳」。我知道那是什麼意思：那隻熊在我的大書房裡激烈的進行對我的缺席裁判。

誤會是滴落在牛奶裡的一點墨汁，你越攪弄它，它擴散得越大，越快；你不去攪弄它，它一樣的擴散，誤會是滴落在牛奶裡的一點墨汁。

有一個星期天下午，我正在家裡看書，小校工從學校來看我。

「許老師請你到學校去一趟。」他說。

什麼意思？這是很不客氣的邀請。

「老師最好不要去。」他說，臉上帶著膽怯的神氣。

「到底是怎麼回事？」我關切的問。

「不知道。」小校工說：「好幾位老師在旁邊勸他，他不聽，他一定要我來，他說，你一定不敢去。老師最好不要去。」

小校工帶來的口信使我非常難過，我把教師的工作看得非常認眞，催促那隻熊準時上課是我的責任，我還做錯了什麼？我的心情是悲憤的，而且從那一刻起，這悲憤不斷的在我心中擴散，使我下了決心要離開這個學校。

我扔下手裡的書，穿上外衣，告訴小校工說：「我去！」

學校裡的情形是很有趣的，覺得有趣的是現在，當年我並不覺得那是一件十分有趣的事。幾位同事坐在他旁邊，規勸他，安慰他，想平抑他的怒氣。我的出現使大家都靜下來。熊瞪著我，臉色突然變得蒼白，站了起來，旁邊的人都伸手，把他按回椅子上去，有一個人走過來招呼我，拉著我的手，親切的邀我到小校園去散步，設法使我離開辦公廳，另外有一個人也到小校園來陪我，原先陪我的人又回到辦公廳去勸他，那是一場最失敗的決鬥。我勇敢的赴約，可是挑戰者被人緊緊的按在椅子上。

我在校園裡看雞冠花看得夠久了，從辦公室那邊來的和平使者，才含笑的出現在身邊。他卓越的調解能力很使我心服。邀請我到學校來的人是他，他說，現在學生已經把桌子拼好，球網也裝妥，可以進去打桌球了，他說。我跟他去小禮堂裡打了兩局桌球，我都贏了——我根本不可能打贏這個體育教員，我謝了謝他，向他告辭回家，走到校門口，我心中湧起一股悲憤。不錯不錯，我是犯了一個很大的錯誤，我的錯誤是相信每一位教師都應該對職務盡忠，而且我還要去實踐。

我認爲我表現得夠平靜，平靜的吞下一個侮辱，像吞下一塊燒紅了的木炭。

我收斂了我對整個學校的關心，只關心一個我帶的班級，所有教師的工作態度，是另外一個星球的事情。我心靈上所受的傷害可不輕，那傷口在滴血，我完完全全的消極了。消極對我的傷害更大。十年後，我在一個二十歲的學生紀念冊上題字，寫的是：「悲觀只是一時的錯誤」。那就是我對一次人生錯誤的懺悔。

我的精神達到一種完全清靜的境界，我不再關心我的同事，別人的一切也干擾不了我。我完全忘了那隻熊，熊的一切都不在我心中。熊的存在，熊的不存在，在我心中已經失去了意義，我安安靜靜的工作。在人際關係上，我像一個得了失憶症的人。我的沉默，也像得了失語症。

那隻熊一定也注意到，他已經在我的記憶世界裡消失了，就像一個人照鏡子，發現鏡面上並沒有自己的影像，他不能不關心他自己的消失。有一種感覺使我很不舒服，那隻熊好像變得格外關心我。

有一次，我改學生的作文本子改到放學以後，周圍的寂靜把我驚醒，對於我竟能這樣專注的工作，我覺得愉快，抬起頭，發覺辦公廳外有一個人剛把視線從我身上移開，那個人身形巨大，是那隻熊，「滾！」我在心裡喊著。

有一次，我為學校寫一份年度報告，工作到天黑。電燈自己亮了，有一個身形巨大的人在燈光中走出辦公廳，又是那隻熊！「我不喜歡這樣的事情。」我告訴自己說。

學期結束，我把我寫的一篇報導，一篇散文寄給一家曾經有心吸收我的報館，五天以後，我成了在那家報館支薪的記者，我過起另外一種生活來，一張嘴，兩條腿，左手握電話聽筒，右手握一支筆，有最靈敏的眼睛，有最敏銳的鼻子。

校長到報館來看過我，在學校裡，他是一個多采多姿的人物，但是到了編輯部，在一群思想活潑不拘小節的握筆人當中，他像一支筆直的筆。這是我第一次把兩隻腳擱在桌子上跟他談話，我躲避跟那隻熊有關的話題，並且違心的告訴他，我已經厭倦了教學的生活。他不肯輕易放棄他為自己安排的使命，他暗示的，謹慎的繞著圈子，用偶然想起的方式，讓我知道那隻熊對教書的生活已經適應得很好，跟我們的女同事林思有很好的感情，對教師的工作產生了越來越濃的興趣，放棄了好好經商的念頭。這是受了林思的影響，我想，但是我何必去關心這些事情。

「他好幾次談起你。」校長的語聲帶著感情。「他稱讚你是一位好老師。」好老師，壞老師，早都成爲過去了，我想。

「回去吧。」校長說。

我堅決的搖著頭。

小城雖然小，但是到處是街道，我希望我不至於跟那隻熊在某一條窄窄的石板街上相逢，我每次上街，在最初的一段日子，總是保持高度的警覺。萬一遭遇到那種事，我的整個人該有什麼樣的表情？我認眞的演習過幾次，一直到我認爲已經能夠充分控制臉上的肌肉，日子久了，我鬆懈下來了。有一天，我出去採訪，專心的用我想像的聲音磨練我要對採訪對象提出的有禮貌的問題，直到我發現我走到一座山的前面，那隻熊，含笑的出現在我眼前。

因爲長期的缺乏訓練，我完全忘了我應該有的表情，我一下子一定表現得有些慌張，不過，幾秒鐘以後，我跟往事的線路接通了，從那線路傳遞過來的，是逐漸增強的憤怒。

他臉上的那種表情，我這一生只見過這一次，那是成人的悔過的表情，只保留最後最後那一絲絲的象徵性的自尊。他的笑容帶著深切的懇求：請不要堅持非把這一百斤米全部拿走不可，至少至少留給我半粒米，只要這半粒，就是半粒的半粒也好，我會非常感激。

我心裡只有越來越強烈的憤怒。

「大家都很想念你，下學期回去吧，大家在一起，好不好？」他臉上有最溫和的表情，他的聲音是最輕柔的聲音。我有想哭的感覺，不是因爲感動，是一股突然湧起的悲憤。

「再見！」我冷漠的說，年輕的心是不寬恕的。

自從那次見面以後，我告訴我自己，走路沉思是最壞的習慣。有一段很長的日子，我出門走路雙眼一定注視遠方，保持戒備狀態，如果我再遇到他，我會在十丈以外閃身走進路邊的巷子。

我的戒備是多餘的，這隻熊從大街上消失了，這隻熊也在我心中消失了。

沒有一點徵兆，我的人生功課突然開始了，一個極大的人生震撼，震撼了我。一向健康的父親，在九龍江裡游水，為了救援一個年輕人，自己受傷葬身在江底。兩條小木船在江面上打撈，一條大木船順流到下游去尋找遺體。下雨的那天，父親的遺體在江邊入殮，哀傷沉默的送殯的小隊伍，雨中沿著江岸前進，蜿蜒的爬上江邊的小山，父親的遺體在雨中下葬，滴落在掩蓋棺木的黃土上的，有雨水，也有子女的眼淚。

學校舊日的同事，圍繞在我們的身邊，只缺少了一個人。一個大震撼裡的一個小震撼。

五天以後，這個小震撼擴大成為一個更大的震撼。

一位學校的舊日同事跟我在路上相遇，他含淚，指著我纏在臂上的黑紗，搖頭不停，說：「許達三許老師，他也走了。」

那隻熊，那隻熊，從人間消失了！

我本來應該寬恕他，本來可以寬恕他的，我有一次最好的表達機會，在雨後發亮的石板街上，爲什麼，那時候，我偏不！

父親的去世，使我想起生命的脆弱像一棵草，剛烈的心變得柔軟成熟，變得能寬恕。我不再是一把快斬的刀，我要做滋潤的雨，至少我還有最後一次機會，我願意臂纏兩圈黑紗，參加他的葬儀。

「什麼時候出殯？」我緊握著舊日同事的手。

「昨天。」這是他的回答。

我的哽咽是悔恨的哽咽。

我一生難忘兩年後跟林思見面的那一次談話，她熱淚滾滾的告訴我：「他改變，學會了做一個好老師，你要相信我，他是對你好的，我知道他的心情。現在事情都已經過去了，我要替他說一句話。你父親出殯的那一天，他已經病得很重，要靠麻藥針來止住腹部的痛苦，我們勸他留在床上，後來他並沒聽。他要幫他看家的老人扶他出門，走幾步路就笑著坐在地上休息。『我不能讓他再有新的誤會。』這是他跟老人說的，還沒有走到江邊，他就昏過去了。他是第三天就走了的，現在我還想替他問一句：你肯把他當朋友嗎？」

熊朋友，我肯！

如果我還能再年輕，我一定要早一點肯！

——原載一九七八年四月九日《聯合報》

11

小太陽

二月的雨，三月的雨，使我家的牆角長出白色的小菌，皮箱發霉，天花板積水，地上蓋滿一層訪客的友誼的泥腳印。和平西路二段多了幾個臨時池沼，汽車過去，帶著殺殺的濺水聲。溼衣服像一排排垂手立的老人，躲在屋簷下避難。自來水暢通了，因爲上天所賜的水已經過多。溼淋淋的路人，像一條條的魚，嚴肅沉默的從籬笆牆外游過去。

這是臺北的雨季，是一年中最缺少歡笑的日子，但是我們的孩子卻在這樣的日子裡出世。她已經在這潮溼的地球上度過十五個整天。她那烏黑晶瑩的小眼睛，卻還沒見過燦爛的太陽，明媚的月亮。她會不會就此覺得這世界並不美？

我回憶那天，孤獨坐在臺大醫院分娩室外黑暗的長巷裡，耳朵敏感到可以聽到自己心跳的聲音。我看到長凳上那些坐著等候知道是男是女的丈夫們，我覺得他們是樂觀而強壯的。他們用不著分擔太太的陣痛，他們享受這種上帝賜給男人的福分，並且還要挑剔，希望女孩子都誕生在別人的家裡。跟他們比較起來，我是悲觀而軟弱的，雖然美麗的護士勸我離開占用了一整天的長凳出去吃一頓晚餐，但是我匆匆去來，似乎花錢吃了一肚子乾澀的舊報紙。我在祈禱，偷偷畫著十字。我想到夏娃把智慧之果放到亞當嘴裡，上帝怎麼詛咒那個愛丈夫勝過畏懼上帝的婦人：「我必多多增加你懷胎的苦楚，你生產兒女必多受苦楚！」我多麼害怕。

於是我回想我們戀愛時候怎麼試圖瞞過一些多年的朋友，偷偷安排每一次的約會。我又想到婚後那種寧靜的日子，我在寫稿，她輕輕從背後遞過來一杯熱茶，寬容的給我一根她最討厭的香菸。我想起我們吵嘴的時候，我緊皺的眉，她臉上的淚。我又想起我們歡笑的日子，在書桌上開鳳梨罐頭，用稿紙抹桌子。她已經成了我生活中的一部分，我也成了她生活中的一部分，但是分娩室的門把我們隔開了。

我聽到分娩室裡有許多痛號聲，我把每一陣心碎的呼號都承擔下來，當作是她的。每一個新生嬰兒的啼哭，我都希望是她脫離痛苦的信號。長凳上只剩我一個人了，我在恐懼裡期待著。最後，護士推過來一張輪床，從我身邊經過。她寧靜的躺在床上微笑著，告訴我：「是一個女的，你不生氣吧？」我背過臉去，熱淚湧了上來。

我們的孩子就這樣來到世上。她有她母親的圓臉，我的清瘦，但是在我們心裡，她已經很美啦，我們不敢要求更多。我們在雨聲中把她從醫院接回我們的家，一個潮溼狹窄的小房間。這個小小的第三者，似乎一生下來就得到父母的鍾愛，在她噘著小嘴唇甜蜜睡覺的時候，在她睜開烏黑的眼睛凝視燈光的時候，在我們發現她臉上有顆小黑痣的時候，那種生活的溫馨！

但是她也給我們帶來現實的生活問題。她的小被窩裡好像有一部小印刷機，印出一份一份淺黃深黃潮溼溫和的尿布。我們一份一份接下來，往臉盆裡扔。因此，阿釗的眉頭皺了，阿釗的胳臂酸了，阿釗的脾氣壞了。她的印刷機使我們的臨時傭人吃不消了。

我們的臥室開始有釘錘的響聲，鐵絲安裝起來了，一道，兩道，三道，四道，五道，六道。她的尿布像一幅一幅雨中的軍旗，聲勢浩大的掛滿一屋。我們在尿布底下彎腰走路。鄰居的小女孩來拜訪新妹妹，一抬頭瞧見那空中的迷魂陣，就高興得忘了來我家的目的。書桌的領空也讓出去了，我這近視的寫稿人，常常一個標點點在水上，那就是頭上尿布的成績。

一切都在改變，而且改變得那麼快。我們從前那種兩部車子出門，兩部車子回家的公務員生活樂趣被破壞了，但是我們卻從另一方面得到了補償。我們可以捏捏嬰兒的小手，像跟童話裡的仙子寒暄，可以撫摸她細柔漆黑的髮絲，可以看她在澡盆裡踩水像一隻小青蛙，可以在她身上聞到嬰兒所專有的奶香味兒。在她那一張甜美的小臉蛋兒前面，誰還去回憶從前的舊樂趣？

這小嬰兒會打鼾，小嗓子眼兒裡咕嚕咕嚕響。她吃足了奶會打嗝，會伸個懶腰打呵欠，還會打噴嚏。我們放在床頭的育嬰書上說這一切都是正常的。我們享受她給我們的一切聲音，這聲音使我們的房間格外溫暖。我們偷看她安靜時候臉上的表情，這表情沒有一絲愁苦的樣子。

她占用我們的半張床，但是我們多麼願意退讓。她使我們半夜失眠，日間疲憊不堪。我們卻覺得這是人間最快樂的痛苦，最甜蜜的折磨，但願不分晝夜，永遠緊緊擁她在懷裡！

窗外冷風淒淒，雨聲淅瀝，世界是這麼潮溼陰冷，我們曾經苦苦的盼望著太陽。但是現在，我們忘了窗外的世界，因為我們有我們自己的小太陽了。小太陽不怕天上雲朵的遮掩，小太陽能透過雨絲，透過尿布的迷魂陣，透過愁苦靈魂堅硬的外殼，暖烘烘照射著我們的心。

我多麼願意這麼說：我們的小太陽不是我們生活的負擔，她是我們人生途中第一個最惹人喜愛的友伴！

——選自麥田出版《小太陽》

12

洗澡

當了父親，才知道世界上最難的事情是「使一家人都洗完澡」。

小孩子們都是喜歡玩兒水的，老大、老二、老三，都有自己的一段「水時代」。老大在她的「小時候」，就喜歡裝一臉盆水，把全家的皮鞋泡在裡面「洗得很乾淨」，結果使爸爸媽媽第二天穿著雨鞋去上班。老二的傑作是替爸爸洗書，替媽媽洗口紅。現在老三最喜歡的是在水龍頭底下洗蠟筆，洗紙，洗手提收音機；爲了防她洗不該洗的東西，家裡的照相機和望遠鏡，都得放在六尺高的櫃頂上。

孩子都是喜歡玩兒水的，但是洗澡除外。

有一天深夜，我看書看到一半，忽然受到一個問題的困擾：是應該由我起帶頭作用先洗澡，然後叫大家拿我當模範，一個一個都到水裡去走一趟好呢？還是把自己排在最後，先驅策大家完成這「一天最吃力的工作」，然後自己躺在澡盆裡恢復體力好？想是想了，可是沒有結論，因爲無論採用哪一種策略，最後的結果完全一樣：疲憊不堪。

洗澡

我現在對於「洗澡」這種事情，已經有了成見：這是人類最壞的發明之一；不然的話，爲什麼大家那麼「怕」它？

催老大洗澡，得有很大的耐性。最初，要先用溫柔的，商榷的口吻通知這個難惹的「反洗澡主義者」：「該你洗澡了。」聽到這個通知，她第一個步驟是裝聾作啞，一聲不響，表現出已經完完全全沉溺在書裡，或者練習本裡。

但是要記住，千萬不能冒火，冒火就完成不了這個艱鉅的任務。我所應該做的，是逐漸逐漸把聲音加強，加高，加到她無法否認我是在對她喊話的程度。到達這個程度的時候，她會慢慢扭過頭來，含笑，很和氣的問我有什麼事情。我這時候應該很和氣的再把我的意思重複第十九遍：「該你洗澡了。」

她露出疑問的眼神，開始她第二步驟：跟我討論理想的「一家人洗澡的順序」問題。

「爲什麼不讓別人先洗呢？每一次都是我先。」

我把血液集中在腦部，才能勉強說出一些她認爲「沒有理由的理由」。這些理由一項一項被她駁倒以後，她原諒了我，說：「好吧！今天還是我『先』算了。可是稍等一會兒好不好？我這一道算術題剛寫了一半兒。」

說完了這句話，大約還要再等一個世紀，她才表現出一種被迫離開的惋惜神氣，夢遊似的空手走進浴室，然後在遙遠的浴室裡，用童聲女高音喊：「媽，我的衣服呢？我的毛巾呢？我外衣要不要換？肥皀放在哪裡？」

在廚房裡忙著的媽媽即刻傳話過來：「你幫她拿衣服好不好？你告訴她毛巾是哪一條好不好？你告訴她外衣也該換了好不好？你把架子上的肥皀拿給她好不好？」她的話裡帶著信心，因爲她知道我除非是精神全面崩潰，不然不會回答「不好」；而且這是每天都要有的過程，並不是什麼新鮮事兒。

這些東西都送達以後，還得忍受另外一個最難，也是最後的過程，那就是她的興致很高的談天。「爸爸，是不是所有的女孩子都比較不適合當政治家？」「爲什麼我看書的時候會忽然覺得我不是在看書，好像是在做別的事？」「考試的時候緊張，是缺乏維他命第『幾』？」她充滿好意，希望我跟她熱烈討論，可惜忘了我急著要她做的是「即刻洗澡」。爲孩子解答問題是父親的天職，如果那是折磨也該忍受。雖然眼睛看著乾澡盆心裡著急，但是不能在孩子對探討問題有興趣的時候跟孩子冒火。通常她會在我舌敝唇焦，頭頂冒熱氣的時候動了憐憫心，滿意的說：「好了。」我也在獲赦以後恢復了幽默感：「對了，你忘了一件事，你該洗澡了。」她笑了，我因爲心情的輕鬆，也跟著笑了。在笑聲中，我渴望的水聲響了。我完成了第一任務。

老二的風格是另外一種，屬於「萬事起頭易」的那一類，只要聽到：「你該洗澡了。」即刻滅了書桌上的燈，推開椅子，讓人產生一種「無限感激」的心情。不過，這並不表示老二是一個「熱愛洗澡主義者」。這小智者心中另有安排，通常進入浴室以後，不管長針走了多少個羅馬數字，始終是無聲無息。到了沒法子再忍耐下去的時候，推開浴室門一看。這智者高坐在便盆上，雙手端著一本兒童讀物，屏息凝神，早已經進入另外一個世界。

「你忘了你該洗澡了？」

「可是我洗澡以前一定會大便。」

「那麼你快『大』呀！」

她很惋惜的合起書，說：「好，我現在開始大吧。」

原來她連「大」都沒開始哪！

總要等聽到抽水馬桶的放水聲，知道是「大」完了，才談得上盼望瓦斯熱水器的怒吼。一切不是以秒計算，一切要以一刻鐘來計算。

喜歡討價還價的老三，一向指定要「爸爸給我洗」，所以幫這個兩歲半洗澡，等於自己也洗了一次蒸汽浴，渾身是汗。這個小傢伙一切都有「標價」，脫衣服的標價是「洗完澡要給一塊餅乾」，進澡盆也是一塊餅乾，抹肥皂又是一塊餅乾，離開澡盆又是一塊餅乾。洗一次澡，小傢伙可以得四塊餅乾。每一個步驟，最初都是抗拒，然後是提要求，要求不遂，繼續抗拒。在相持不下的時候，小傢伙沒有損失，我損失了時間。我寧願以四塊餅乾換時間，所以小傢伙永遠勝利。

三小洗過了澡，終身伴侶彼此之間又有一番禮讓，誰也不願意「占先」，最後總是那個「失敗者」，忍痛放下手邊的事，滿肚子委屈先走進浴室。

從衛生的觀點看，每天洗澡是一件好事。在「閒人」的心目中，整天泡在澡盆裡更是一種享受。但是對於忙忙碌碌的，連回家也要忙的現代人來說，似乎都有一種抗拒洗澡的傾向。

——選自麥田出版《小太陽》

13

女園長

瑋瑋有次發牢騷說：「爲什麼家裡養東西都要媽媽答應？」

「因爲我們要先知道媽媽忙得過來忙不過來。」我笑著說，儘管我知道瑋瑋聽不懂我的這句話。我確實看到瑋瑋的眼睛流露者「爲什麼？」的神氣。

我記得有一次我帶櫻櫻、琪琪、瑋瑋去逛動物園，去給駱駝跟長頸鹿拍彩色照片。櫻櫻發表感想說，她很希望將來能當動物園的女園長。我也笑著說：「那是媽媽！」

我想信櫻櫻最初也沒聽懂我的話，但是後來她哈哈大笑，我就知道她聽懂了。

「媽媽」在家裡確實是動物園的女園長。在這「動物園」的最盛期，她管理過白狐狸狗「斯諾」、一對不和睦的小黃鸚鵡夫婦、三隻「七姊妹」，還有「金魚一號」、「金魚二號」、「金魚三號」。那時候，在三個孩子的心目中，這九個「動物」都是她們養的，因爲她們每天放學都沒忘記去「看看」。

這一次因爲舊房子要改建，我們搬了一次家。在搬家以前，家裡的動物園事實上已經不存在了。那一對不和睦的小黃鸚鵡，早已經雙雙成了「天國鳥」。白狐狸狗「斯諾」，早已經「過繼」給一位愛狗的朋友，成爲別人家裡的一分子，大家一直懷念牠像懷念一隻「神仙狗」。瑋瑋親自餵過一次青菜葉的那三隻「七姊妹」，也都已經先後回到了天上。「金魚二號」和「金魚三號」，按瑋瑋的說法，是「在水裡不見了」。我們搬家的時候，家裡的動物園成爲全世界最小的動物園，因爲這動物園裡只有「一個」動物：屬於「脊椎動物門・魚綱・硬骨目・喉鰾亞目」的金魚。不過這樣說反倒陌生了。應該說家裡只剩下孤孤單單的「金魚一號」了。

剛搬的家，要做的事情特別多，大家幾乎把「金魚一號」也忘了。眞正關心那隻孤單的金魚的，只有「媽媽」一個人。她沒忘記添魚食，沒忘記給金魚換水。她管理世界上最蕭條的一個動物園。

生活漸漸安定下來以後，瑋瑋就抱怨了：「家裡東西太少！」她的意思是家裡沒有什麼好玩的動物。她最初是對二十五塊一隻的小烏龜發生了興趣。有一天到同學家去玩，回家的時候，手裡提著兩個裝了水的小塑膠袋。一隻塑膠裝的是小烏龜，只有一寸多長，薄薄的殼兒，小小的腦袋，看起來很像薄鐵皮做的兒童玩具。另外一個塑膠袋裡裝的是幾塊白色的小石頭跟兩隻只有五、六分長的小魚秧。她找來兩個小塑膠盆子。一個是擺白色小石頭的，那是小烏龜住的。另外一個塑膠盆就用來養那兩隻小魚秧。小魚秧細得像兩根小鐵釘，完全沒有觀賞價值。那是帶回來幹什麼的？

我童年也養過小烏龜，不過都是五、六寸長的。我從來沒見過一寸多長的眞正的「小」烏龜。看到這小烏龜，就像看到一匹五六寸長的駿馬在書桌上走動似的，心中充滿驚奇的感覺。我走進想像的世界。如果瑋瑋能有這樣的一個動物園：面積只有飯桌的桌面那麼大，園裡的樹都只有六七寸高，樹下走動著一寸長的兔子，一寸半長的狗，四寸長的犀牛，六寸長的大象——她一定會很快樂，我也會很快樂。如果我們眞遇到一個能替我們辦這件事的神仙。

有一段日子，瑋瑋對我帶回家的一塊錢硬幣很關心。每天我下班回家，她就拿著黃色的小肥豬來看我。她把黃色的小肥豬放在我面前，說：「今天有沒有？」我每天總要「樂捐」一兩塊錢。我是直到後來才知道的，那是她的「第二隻小烏龜基金」。

有一天，她又到同學家去玩，又帶回來兩個裝了水的塑膠袋，仍然是一個塑膠袋裝小烏龜，另外一個塑膠袋裝白色的小石頭跟小鐵釘那麼細的魚秧。家裡小烏龜的「人口」增加了一倍，魚秧的數目也增加到五條。

我不得不問她那魚秧是做什麼用的。她表情嚴肅的說：「只好養下來了。」

「難道你本來不是帶回來養的？」我說。

「本來是給小烏龜吃的。」她說。

我大吃一驚。

瑋瑋告訴我，買一隻小烏龜，賣烏龜的就會告訴買的人順便買兩條魚秧回去給烏龜吃。瑋瑋親眼看到賣烏龜的把一條魚秧扔進盆子裡去，盆子裡幾十隻小烏龜都擠上去搶魚，一下子就把魚秧咬死了。她看了很不忍心，所以決定養小烏龜也養小魚。

我承認小烏龜是很可愛的，但是我對小烏龜謀生的方法沒法子接受。我童年參觀過越南西貢市的動物園，看見蛇籠裡放著一隻活雞。我現在還能記得那隻雞的神態：身體緊貼籠邊，縮成一團，嚇得腿軟，站不起來，沒有力氣啼叫喊救命。那條暫時不想吃東西的大蛇，流露出「先睡個午覺再說」的懶洋洋的樣子，正好是一個強烈的對比。我看了心裡非常不忍。我認爲那樣的動物園是會使遊客難過的。

瑋瑋處理得很對。她很仁慈的對待「小烏龜的食料」。

家裡有一隻金魚，兩隻小烏龜，五條小魚。但是瑋瑋仍然覺得「動物太少」。有一天，她又帶回來七條蠶，是同學送給她的。她有蠶，但沒有桑葉，要媽媽幫忙。七條蠶所能消耗的桑葉並不多。媽媽每天下班經過種桑樹的人家，招呼一聲，隨便摘幾片桑葉回家，也就足夠應付了。

瑋瑋對這幾條小蠶倒是照顧得十分周到，大部分的事務都是親自料理。我很欣賞她這個做法——親自料理。如果她能始終保持這種精神，我倒不反對她擴大家裡的動物園，不管是貓啊，狗啊，天竺鼠啊，鴿子啊，八哥啊，我都歡迎，只要她能親自料理，不增加媽媽的工作。瑋瑋告訴我，對這幾條蠶，她已經有一個「繁殖計畫」。她希望有一天她有一百條蠶！我每天陪她觀察蠶的成長，從「兩公分」看到「五公分」。我看到肥肥圓圓的大蠶吐絲像給自己編織一個睡袋，然後從裡面把睡袋封了口，然後躲在那個睡袋裡變一種魔術，使自己像「蛇」那樣的身體變成有翅膀的「老鷹」。牠咬破睡袋出來的時候，你簡直不敢相信自己的眼睛。牠是「爬」進去的，現在卻「飛」出來了。

這些蛾子的最大任務是下卵。下過一個小黑點兒一個小黑點兒的卵以後，這些蛾子就安息了。牠對生命已經有了交代，就不再管這世界的事情了。

這些小黑點兒很快的變成「蟻蠶」，很快的長到「一公分」。桑葉的消耗量越來越大了。媽媽每天增加的一個新工作就是找桑葉。附近種桑樹的人家都

拜訪過不止一次了。她不好意思再去，幸好發現菜市場也賣「一枝一塊錢」的桑樹枝，這才解決了蠶群的糧荒。

我說「蠶群」，因爲蠶的數目確實不少。有一次，我偶然打開那幾個大紙盒一看，原來瑋瑋已經有了一百多條肥肥圓圓的大蠶！她的繁殖計畫已經成功了。

不過我每天中午看到的一個家庭生活場景卻使我微微覺得不好：媽媽坐在矮凳上，用衛生紙把濕的桑葉一片一片的抹乾，細心的給那一百多個食客擦桑葉。她一邊擦桑葉，一邊打盹兒。她的午睡已經被剝奪了。

我想瑋瑋現在應該可以爲自己提出來的那個疑問找到答案了。

「爲什麼家裡養東西都要媽媽答應？」她是這樣問的。

——選自麥田出版《小方舟》

14

每天與鴿子海鷗約會

一九八九年冬天，我到美國去旅遊，在波士頓，在水牛城，在舊金山，看到人類跟自然界的朋友和諧相處的情景，留下深刻的印象。

有一天早晨，我在波士頓公園散步，聽到頭頂上一陣撲翅聲。一群白鴿降落在我前方林間的草地上。這些鴿子，有的低頭在草地上尋覓食物，有的昂頭闊步，向我踱了過來。我稍稍遲疑，最後還是決定繼續前進。鴿子並不受驚起飛，不在意我在牠們的群中散步。我彷彿覺得自己也是一隻鴿子。生平第一次發現自己能爲自然界的朋友所接受，心中湧起一種自豪的感覺。波士頓公園裡的鴿子，已經習慣於跟人類和平相處。

在波士頓公園鐵欄外的人行道上，有一次，我看到一位當地的美國老太太，走進鴿群就像走進人群。老太太前方的幾隻鴿子，還客氣的稍稍踱開，爲老人家讓出一條路來。

波士頓靠近大西洋，那裡的海鷗都習慣於不受人類傷害的日子。在波士頓的大街上散步，特別是黃昏的時候，往往可以看到海鷗進入城市上空。牠們也許是爲食物的香氣所吸引，常常採取低空飛行，從馬路上方掠過。住在大海邊緣的人類並不寂寞，日日有海鷗作伴。

我到哈佛大學去參觀。校園裡寂靜無聲。我跟同伴在林間散步，我們頭頂的樹枝上停滿黑色的大烏鴉。那些一向喜歡跟巫婆作伴的大烏鴉，在我們的頭頂上嘀嘀咕咕，對我們評頭品足。牠們的心胸雖然不夠寬大，但是正如我的一個朋友所說的：「沒有三姑六婆，就不成爲一個社區。」

在許多國家的大公園裡，常常可以看到松鼠出沒，但是那種松鼠，都是「驚弓之鳥」。我到水牛城去看尼加拉瀑布，在山羊島上看到的松鼠，卻是整個族群。遊客一到，牠們就成群的，歡天喜地的，從每一棵樹的背後突然現身，「漫山遍野」的奔跑過來，從遊客的手上叼走食物。連那出生不久的「小娃娃」也不肯落後。牠們跟人類早就建立了互信。牠們是父傳子、子傳孫的，堅信人類不會傷害松鼠。進入這個國家公園的人，都會格外珍惜這一份經驗：人類在大自然裡還有許多「鄉親」。

在大瀑布旁邊隱密的林間靜水區，有一小片小橋流水的美景。那裡是野鴨棲息地。這些野鴨從來沒聽過獵槍的槍聲，把從小橋上走過的遊客，一律看成「村外的過客」。牠們也許抬眼看看，從不拍翅膀驚飛。牠們利用小溪中的急流讓自己漂到幾丈以外，然後再爬上淺灘，踩水回去再溜一次「水滑梯」。站在林間的雪地上看野鴨做遊戲，令人有很深的感觸，就像「返鄉探親」。

到舊金山的遊客，都會受邀一遊漁人碼頭，並且在三十九號碼頭登船去遊港。我沒想到，我到那裡去竟是去跟海鷗相會。

漁人碼頭的三十九號碼頭，是海鷗聚集的地方。那裡候船遊港的旅客很多，因此吸引過來的海鷗也最多。我第一次看到體型那麼肥大的海鷗，確實大吃一驚。那些海鷗，都是大模大樣，一點兒也不怕人。牠們像觀光勝地的旅館外務員，緊追著遊客不放。為了向遊客討取食物，這些海鷗甚至會停落在遊客肩上，肥大的軀體把遊客的肩膀都壓歪了。這些跟遊客「太」親熱的海鷗，難免令人想起大自然界也有一些「教養問題」。

乘船遊港的時候，船影被天上的海鷗發現了。牠們跟在船後，緊追不捨，終於辛苦的追上了遊輪，在甲板上空跟遊輪同步前進。甲板上的遊客只要高舉食物，海鷗就會低飛下來啄食，從不落空。海鷗和遊客，在金山灣裡一起嬉戲。人跟海鷗這麼親近，是我生平第一次見到。

住在臺灣的大城市裡這麼多年，我以爲人類跟自然界的朋友早已斷絕關係。這次的遊遊，使我知道事實並不是這樣。

——原載一九九三年一月《拾穗》雜誌

15

最大和最小

有兩個少年，在同一個學校讀書，而且是同班。其中的一個，長得白白胖，同學們都很喜歡他，見面總很親熱的喊他的外號「饅頭」。另外一個，長得高高瘦瘦，同學們也都很喜歡他，見面總是很親熱的喊他的外號「筷子」。

饅頭和筷子，兩個人感情很好。他們都喜歡打棒球。在棒球場上，他們是一對好搭檔：筷子是投手，饅頭是捕手。兩個人功課都不壞，常常在一起討論功課。他們考試的成績相差不多。月考排名，如果饅頭是第七，筷子就是八名；如果筷子是第七名，饅頭就一定是第八名。同學們要是同時提起這兩個人，就喊他們「七七八八」。

這兩個人，有一次在一起談話。筷子無意中說到自己的父親是一個生意人，賣牛肉麵。他還含笑對饅頭說：「哪一天我請你嚐嚐我父親做的牛肉麵，味道很不錯。」

饅頭就說：「什麼哪一天哪一天的。要請客，就在這個星期六請。」

筷子答應了。星期六那一天下午，筷子眞的帶饅頭到父親的麵攤子吃了一碗熱熱的牛肉麵。饅頭吃得很高興，不住口的喊好吃。

有一天，兩個人放學以後一起走路回家。筷子問饅頭說：「你父親是做什麼的？」

饅頭遲疑了一下，才淡淡的說：「他當部長。」

筷子聽了，臉色一變，一路上就不再說話。分手的時候，饅頭像往日一樣的說了一聲「再見」。筷子也勉強的說了一聲「再見」，聲音小得饅頭幾乎聽不見。

從此以後，筷子就跟饅頭疏遠了，不像從前那樣的親熱。饅頭很難過，很想好好兒的跟筷子談一次話，可是筷子老是躲著他。一天下午放學以後，筷子一個人孤孤單單的走在前面，饅頭遠遠的在後面跟著。到了兩個人平日分手的路口，饅頭忍不住了，就衝上前去，拉著筷子說：「你爲什麼老躲著我？現在連棒球也不打了？」

筷子說：「部長的兒子，我不配跟你做朋友。」

饅頭急忙說：「你這樣說就不對了。難道是我不尊敬你的父親了嗎？我們是好朋友，這跟我父親當部長有什麼關係？我還是我呀！朋友是朋友，父親是父親。難道你一定要逼我不承認自己的父親，才肯跟我做朋友？」

筷子說：「我沒有這個意思。」

饅頭說：「那我們還是跟從前一樣好了，別再生我的氣了。」

從那一天起，兩個人又恢復了從前的友誼。「七七八八」還是「七七八八」，整天又在一起了。

社會上有些人，最喜歡跟人比大小，也喜歡拿兩個人來比誰大誰小。那麼，什麼是大？什麼是小？他們並沒有好好兒想過。

有一個愛比大小的人說：「經理大，職員小。經理比職員大，職員比經理小。誰說人沒有大小？」

原來他所說的大小，不是身體的大小，不是年齡的大小。他所說的大小，是指工作上的職位。

拿工作上的職位來區分大小，也許有一點道理。但是這種區分，要有一個限度，不能亂來，不能用到一切的事情上去。在工作上，是有這樣的區分；在工作以外，可不許有這樣的區分。

我們要做好一項大工作，當然要集合許多人的力量。這些人要組織起來，每個人都分配到一個職位。整個大工作也要分成許多項目，每個大項目再分成更多的小項目，一層一層的分下去。大項目要有人負責，小項目也要有人負責。大項目要照顧許多小項目，因此負責管理大項目的人，工作也比管理小項目的人重要。選擇才能高的人管理大項目，是當然的道理。這就是世俗人所說的「大」。這個「大」，是對工作上說的。

除了工作上的「大」以外，這個人在其他地方都不比別人大。他跟所有的人一樣，在家裡是妻子的丈夫，是子女的父親。他一樣要洗臉刷牙，一樣要穿衣吃飯。他要好好做人，尊重別人，才能受到別人的尊敬。

因爲這個緣故，你就知道世俗人所說的誰大誰小是過分誇大了。一個好少年，不應該向朋友誇口自己的父親有多大。他如果這樣做，就會使人覺得他不尊重自己的朋友。

好朋友在一起，應該互相尊重，而且要尊敬朋友的父親，就像尊敬自己的父親。談誰的父親最大，誰的父親最小，這不但毫無意義，並且也表現出你對朋友的父親不尊敬。

父親就是父親，都應該受到少年的尊敬。誰聽說過父親還要區分「最大」和「最小」的？

——選自正中書局出版《快樂少年》

16

兄弟和姊妹

有一個故事說：

有一隻小老虎，因爲沒有兄弟姊妹，覺得很孤單，常常爬到一塊大石頭上，向神禱告。小老虎說：「神啊，神啊，讓我的母親多生幾個弟弟妹妹。」

神答應了小老虎的請求。不久，小老虎就有了兩個弟弟，兩個妹妹。這五隻小虎生活在一起，熱鬧是熱鬧了，可是沒有一天不吵架。

有一天，小老虎又爬到那塊大石頭上，向神禱告說：「神啊，請祢把我的弟弟妹妹收回去吧。」

神說：「你喜歡熱鬧，現在不是已經很熱鬧了嗎？」

小老虎說：「從前只有我一個，所以母親也全心疼我。現在有了弟弟妹妹，母親就不能全心疼我了。弟弟妹妹跟我搶東西吃，完全不講理，害得我整天生氣。」

如果你是那個神，你會答應小老虎後來的請求，再把弟弟妹妹收回去嗎？

兄弟和姊妹

如果你是那個神，你會不會對小老虎生氣？

你有沒有想過：到底是作獨生子、獨生女好呢？還是有許多兄弟姊妹好？這個問題很簡單。作獨生子、獨生女固然有點兒寂寞，但是父母親因此也能全心全意的愛你，你會很快樂。有兄弟姊妹，難免會有些爭吵，但是一想到一家熱熱鬧鬧的，大家有說有笑，不是也很快樂嗎？

問題不是：這樣子好？還是那樣子好？問題是：如果你有兄弟姊妹，你應該怎麼樣去對待他們才好？

這裡還有一個故事：

有一個少年，常常被兄弟姊妹惹得非常生氣。因爲這個緣故，他把兄弟姊妹看成「家裡的敵人」。有一天，他遇到一位白髮老翁。白髮老翁對他說：「我可以教你怎麼對待你的兄弟姊妹。」

少年高興得不得了，等不及的說：「好好好，請老公公教教我，怎麼樣才能夠把他們通通打敗！」

白髮老翁微笑著說：「你弄錯我的意思了。我想教你的是怎麼去愛你的兄弟姊妹。」

有一句話說：「一個人，太寂寞；三個人，是非多。」聽了這句話，我們一定會以爲「兩個恰恰好」。其實也不一定。人跟人在一起，總會發生一些問題。懂得怎樣去解決這些問題，日子就會過得很快樂。不懂得怎樣去解決這些問題，日子就會過得很不快樂。

家裡的兄弟姊妹，都在一個很安全的環境裡生活，受到很週全的保護。因爲這個緣故，個個都比較任性，從來不注意大家應該怎麼互相對待。兄弟姊妹在一起，你任性，我任性，你不講理，我不講理，當然很容易爭吵起來。如果是對待外面的人，大家就小心多了，因此也就不大容易發生爭吵。

有一個少年，天天跟姊姊爭吵，卻跟同學很要好。有人問他爲什麼，他說：「同學講理。姊姊不講理。」

更有趣的是那個姊姊。她也是天天跟弟弟爭吵。卻跟同學很要好。有人問她爲什麼，她說：「同學講理。弟弟不講理。」

現在你可以把事情看得很明白了。這一對姊弟，在家裡是彼此不講理。這個「不講理」，只是他們的說法。其實，他們所說的「不講理」，就是凡事只顧自己，不替對方設想。

另外有一對姊妹，情形就不一樣了。她們同住一個房間，習慣卻很不相同。

姊姊晚上臨睡以前，喜歡躺在床上看書。她問妹妹：「我開燈看書，你怕不怕燈光扎眼？」

妹妹很高興姊姊能夠這樣關心她，就說：「沒關係，你看吧。我把臉朝著牆睡好了。」

妹妹晚上臨睡以前，喜歡躺在床上聽收音機。她對姊姊說：「我聽收音機會吵到你，所以我用耳機聽。可是我睡著了以後，誰來幫我拔耳機？」

姊姊說：「你放心。我要睡以前，會起來幫你收拾收音機。」

這一對姊妹很懂得作人的原則。姊姊想做什麼，立刻就會想到妹妹的不方便，立刻去找妹妹來商量。妹妹想做什麼，立刻就會想到姊姊的不方便，立刻去找姊姊來商量商量。

兄弟姊妹所以能夠和好，就是因爲凡事都會想到對方，凡事都能夠先商量。在有些家庭裡，兄弟姊妹都不關心對方，也不懂得商量，只會向父母親告狀，折磨自己的父母親。每一個孩子，都要求父母親幫他打敗「家裡的敵人」，如果父母親不幫，就說父母親偏心。有了這樣的兒女，父母親實在太辛苦了。

如果你希望在家裡過得很快樂，你就要學習關心兄弟姊妹，學習有事大家一起來商量。

——選自正中書局出版《快樂少年》

17

為夢工作，使夢成真

有兩個年輕人都希望成爲作家。

一個說：「我的弱點是駕馭語言的能力不足。我要先精讀一本中文字典，然後再讀一百部小說，我要寫的就是小說。我無法盲目的接受這個文學主義、那個文學主義，我要有我自己的思想。因爲這個緣故，所以我必須從思考問題開始，有了我自己的人生見解，我就知道我應該寫什麼了。」

另外一個說：「我的弱點是對眞實生活一無所知。我要寫的是都市生活，尤其是西門鬧區，給我的感觸最多，我要用一年的時間觀察西門鬧區，並且作詳盡的記錄。我想信我所下的工夫，會爲我帶來可寫的題材。」

這兩個年輕人，後來都成爲作家。他們爲自己所安排的計畫，不一定人人都能適用，也不一定可以作爲法則，但是他們表現出一種執著的精神——他們爲夢工作！

青年都有大夢，而且期待夢境成眞，只是很容易便忽略了夢的實現並不是別人的事情，一切得要靠自己努力。

有人說：凡是附加「只要」兩個字的夢，都是眞正的「做夢」。

最典型的例子是：「只要我的朋友都能拉我一把，我的公司就可以組織起來。」別人怎麼可能走進你的夢裡來爲你工作？使這個夢實現的正確做法或許是：「我要足額的說服一百個朋友，請他們每人向我的公司投資十萬元。」在這樣的夢裡，你自己才有事做。

有一個充滿夢想的年輕人，對他的父親說，他要娶一個才貌超凡的美女作妻子。

父親說：「你有沒有想到，一個美女心目中的丈夫形象是什麼樣子？」

兒子說：「當然是一個王子形象了，地位、財富、才能、學識、儀容，都很重要。」

父親說：「這麼說來，你該做的事情可眞不少。至少，從今天起，你要天天洗澡。」

夢，意味著一種「改變」，那改變要從改變自己開始；夢，也意味著「工

作」，每一個夢爲你帶來的，是比今天所做的更多的工作。

不應該只想著那個夢會爲你帶來美好的一面，應該只問：你要爲那個夢做些什麼？如何去做？

——選自幼獅出版《地瓜的聯想》

18

買賣人生

人生可以是一筆不計代價的進貨。

人生也可以是一筆不索償的售貨。

人生是「買」，也是「賣」，但不是「買賣」。

做買賣的人，買進來的貨是還要銷出去的。他熱切的把貨買進來，再以同樣熱切的心情把貨賣出去。他賺的是進價和售價的差額。那差額，是他的酬勞，也是他的利潤。做買賣的人不留貨，因爲他對貨並不留戀。他追求的是那利潤。因此我們也可以很單純的，把做買賣的人看成「追求利潤的人」。

人生的買或者賣，都是單向進行的。那行爲本身具有目的性，並不是一種手段。

人生的買，或者賣，並不是普通的「買賣」。

人生的買，或者賣，是單純的、長期的、非商業性的行爲。

「愛迪生型」的人生

愛迪生的一生，表現出一種可愛的單純。在最初，沒有人知道這活躍不停的人要的是什麼。他弄出一個定時發報機，然後又弄出一個股票市場的報價機，然後又弄出一個留聲機，然後又弄出電燈，然後又弄出一個電影放映機。他的行爲的目的，越來越明顯了，原來他要的是那「發明的樂趣」，「發明的樂趣」就是他要進的貨。爲了一大批一大批的進貨，他不計任何代價。他是爲了愛那種貨，所以才進那種貨。他進貨像一個藝術品蒐藏家，不像一個買賣人。爲了這樣的大量進貨，他餓了不去吃，睏了不去睡，累了不去休息。他不計算「發明的樂趣」市價是多少，他該付出的合理價格是多少，他付出自己所有的一切。

愛迪生的睡得少是有名的，那麼，你可以說，他爲了進貨，付出了自己的睡眠。他把他的收入，拿來充實實驗室的設備，那麼，你可以說，他爲了進貨，付出了自己的享受。他確實是不計任何代價的。

對純粹的商業來說，進貨只是買賣的開始，他還應該售貨，如果他不售貨，利潤怎麼產生；但是沒有售貨這回事，一切都到進貨爲止。

這就是愛迪生型的人生。對愛迪生來說，人生就是一筆不計代價的進貨。你可以用一個名詞片語來形容愛迪生：一個一生追求發明的樂趣的人。他喜愛發明的樂趣，懂得享受發明的樂趣，因此付出他所有的一切，大量進貨。他是一個「買的人」。他的境界，不是一般做買賣的人領略得到的。他的境界，高過一般的買賣。

我們對愛迪生的一生發生濃厚興趣的主要原因，是他所買進的貨色——發明的樂趣。我們承認那樂趣不但相當純正，而且對人類生活的改善和提高相當有益。那種樂趣具有生產性，能生產不少好東西。電燈是愛迪生「爲發明而發明」的產品之一。這產品，使我們人類獲得了征服黑暗的最省事的方法。

我們發現這種「進貨人生」或者「買的人生」是一種最普遍的人生型態。幾乎所有的人，一生都在那裡辦理進貨，唯一的差異，就是所進的貨色不同。

有人不計任何代價，而且永無止境的買進「財富」。有人不計任何代價，而且永無止境的買進「權力」。當然，也有買「知識」的，也有買「樂趣」的。一個人智慧的高低，決定了他所買的貨色。如果要我編一本《購貨指南》的書，那本書裡只能有一句話：

「買那最有價值的，不要買那最沒價值的，尤其不要買那買不到的。」

「青春」是非賣品，「愛情」是非賣品，「成仙」也是非賣品的。

愛心聚寶盆

人生也可以是一筆不索償的售貨。這是「不是買賣」的買賣。一般的買賣人，無法理解這種買賣。

一個人，可以把自己看成一個存貨豐富的貨倉。他可以無限制的拋售他的貨物，但是從來不開帳單。他只知道不斷的賣出，但是從來不索償。他是個「半邊商人」，不管買，只管賣，而且連那「賣」也只做到一半，只管出貨，並不收帳。

史懷哲醫生就是這樣的一個古怪的買賣人——不是「買賣人」的買賣人。他聽說世界上有一片黑暗的大陸需要一種貨，叫做「亮光」。他馬上從自己殷實的貨倉裡搬出「亮光」來拋售。他只對「賣」有興趣。對他來說，所謂「賣」，就是把貨物交給最需要的人，但是並不包括收帳。爲了賣出亮光；他動身到了非洲，把亮光給了非洲。這就算「賣」的完成，這就是「賣」的行爲的全部，再沒有其他。

然後，他又發現非洲叢林裡的居民還需要一種貨，那種貨叫做「醫藥治療」。他有這種貨，他早有儲備。他老早就準備賣出。我們已經說過，他所知道的「賣」不是索償的。他心目中的「賣」，就是把貨物交給需要的人，再也沒有其他。

史懷哲醫生眞是一個大貨主，最熱愛「賣」的活動。他一生不斷的「拋售」亮光和醫藥治療給最需要的人，但是不寫帳單。

這種不計盈虧的買賣，眞是天底下最容易做的買賣。做這種買賣，永遠沒有帳目的煩惱。因爲這種買賣太容易做了，所以做這種買賣的人心中永遠是快樂的。

這種好做的買賣爲什麼做不垮呢？原因很簡單。做這種買賣的人，都有一個神祕的「聚寶盆」。所謂殷實的貨倉不是別的，就是那聚寶盆。聚寶盆裡的東西是拿不完的，所以他能永無止盡的拋貨。那聚寶盆叫做「愛心聚寶盆」。這就是全部的祕密。

史懷哲的一生，也可以用一個長長的名詞片語來形容：一個一生只管拋貨，不管收帳的偉大生意人。

如果你有福氣，你會遇到一個這樣的生意人。

如果你更有福氣，那麼，你自己就會是那樣的一個生意人。

人生不是買賣

有「買」的人生，有「賣」的人生。也許我們一生只管買，也許我們一生只管賣，不論怎麼樣，人生不是普通的買賣。人生的買賣具有「非商業性」

如果你懂得選擇貨色，不選擇劣等的貨色，過一種「買」的人生，並不是壞事。如果你懂得選擇貨色，你最好買些具有生產性的貨。

買對了貨，你就可以使你的一生過得很快樂。不過，還有比這快樂更大的快樂，那就是「賣」，就是不索價的把你所有的貨物送到最需要的人手裡——不要開帳單。

我仍然這樣相信：
人生可以是「買」，也可以是「賣」，不過並不是普通的買賣。

——選自宇宙光雜誌出版《微笑的人生》

附錄：林良重要文學著作一覽表

書名	出版社	出版日期	備註
舅舅照像	寶島出版社	一九五七年三月	
大象	文星出版社	一九五七年四月	
七百字故事（一）	國語日報社	一九五七年	（編寫）
有趣的故事	語文出版社	一九五九年八月	
七百字故事（二）	國語日報社	一九五九年八月	
看圖說話（一）	國語日報社	一九六二年一月	
一顆紅寶石	小學生雜誌社	一九六二年十月	
七百字故事（三）	國語日報社	一九六三年十一月	
我要大公雞	省教育廳	一九六五年九月	
國父的童年	小學生雜誌社	一九六五年十一月	

馬家池塘的故事	小學生雜誌社	一九六五年十二月
巨人和小人兒：兒童故事選（二）	小學生雜誌社	一九六五年
毋忘在莒的故事	小學生雜誌社	一九六五年
綠雨點兒	小學生雜誌社	一九六六年一月
我愛樹	小學生雜誌社	一九六六年二月
帶個朋友來	小學生雜誌社	一九六六年二月
大衛歷險記	國語日報社	一九六六年二月
哪家最好玩	小學生雜誌社	一九六六年三月
青蛙先生的婚禮	國語日報社	一九六六年四月
小鴨鴨回家	省教育廳	一九六六年五月
小啾啾再見	小學生雜誌社	一九六六年五月
大年夜飯	小學生雜誌社	一九六六年五月
草原上的動物	國語日報社	一九六六年八月
綠色的花	小學生雜誌社	一九六六年九月

林良重要文學著作一覽表

守財奴的尖頭鞋	國語日報社	一九六八年四月
會說話的鳥	省教育廳	一九六八年六月
動物和我	省教育廳	一九六八年六月
未來的故事	省教育廳	一九六九年二月
影子和我	省教育廳	一九六九年二月
從小事情看天氣	省教育廳	一九六九年六月
小琪的房間	省教育廳	一九六九年九月
看圖說話（二）	國語日報社	一九七〇年四月
聯合國兒童基金和你	省教育廳	一九七〇年六月
看圖說話（三）	國語日報社	一九七一年六月
彩虹街	省教育廳	一九七一年十月
小圓圓跟小方方	省教育廳	一九七一年十月
爸爸的十六封信	省教育廳	一九七一年十一月
我的書（十冊）	國語日報社	一九七二年四月
小太陽	純文學出版社	一九七二年四月

林　良

未來的故事	省教育廳	一九七二年
一條繩子	省社會處	一九七三年六月
今天早晨眞熱鬧	省社會處	一九七三年八月
小紅鞋	省社會處	一九七三年十二月
陌生的引力	純文學出版社	一九七三年
和諧人生	純文學出版社	一九七三年
吳剛砍桂樹的故事	國語日報社	一九七九年四月
我有兩條腿	省教育廳	一九七四年七月
草和人	省教育廳	一九七四年七月
家	省教育廳	一九七四年八月
我的故事集（一、二）	國語日報社	一九七四年八月
在月光下織錦	純文學出版社	一九七四年
我會讀書	國語日報社	一九七五年四月（兒歌集）
黃人白人黑人	省教育廳	一九七五年四月

林良重要文學著作一覽表

懷念（上）——一隻狗的回憶錄	國語日報社	一九七五年四月
懷念（下）——一隻狗的回憶錄	國語日報社	一九七五年四月
如果我是鳥	國語日報社	一九七五年八月
小時候	省教育廳	一九七五年九月
兩朵白雲	省教育廳	一九七五年九月
大白鵝高高	省教育廳	一九七五年九月
鈴聲叮噹	省教育廳	一九七五年十月
小動物兒歌集	將軍出版社公司	一九七五年十月
小紙船看海	將軍出版社公司	一九七五年十月
陌生的引力	純文學出版社	一九七五年
白狗白・黑貓黑	國語日報社	一九七六年四月
金魚一號・金魚二號	國語日報社	一九七六年四月

淺語的藝術——兒童文學論文集	國語日報社	一九七六年七月
第二隻鵝	省教育廳	一九七六年十一月
小木船上岸	省教育廳	一九七六年十二月
看	省教育廳	一九七六年
一窩夜貓子	省教育廳	一九七六年
認識自己	幼獅文化	一九七七年十月
孝的故事	行政院青輔會	一九七八年一月
汪小小學畫	省教育廳	一九七八年六月
媽媽	信誼基金會	一九七八年七月
老師的節日	華僑出版社	一九七八年十月
雙十節	華僑出版社	一九七八年十月
屈原的故事	國語日報社	一九七八年十二月
我家有隻狐狸狗	書評書目出版社	一九七九年四月

十個故事：交通安全教育補充讀物	國立編譯館	一九七九年六月
我會讀	快樂兒童漫畫週刊社	一九七九年六月
清明節	世界華文教育協進會	一九七九年十月
端午節	世界華文教育協進會	一九七九年十月
中秋節	世界華文教育協進會	一九七九年十月
過新年	世界華文教育協進會	一九七九年十月
爸爸	信誼基金會	一九八〇年八月
家具會議	省教育廳	一九八一年六月
貓狗叫門	省教育廳	一九八一年六月
鄉情	好書出版社	一九八二年
小鸚鵡	信誼基金會	一九八二年
日本這個國家	國立編譯館	一九八四年
快樂少年	正中書局	一九八五年
豐富人生	好書出版社	一九八五年

爸爸	信誼基金會	一九八五年三版
愛的故事：汪汪的家	香港晶晶幼教社	一九八五年
你幾歲？	信誼基金會	一九八五年一月
長城之旅	號角出版社	一九八六年
看	省教育廳	一九八六年
一窩夜貓子	省教育廳	一九八六年
七百字故事	國語日報社	一九八六年（編寫）
兒童詩	國語日報社	一九八六年五月
瀑布鎮的故事	國語日報社	一九八七年七月
小方舟	好書出版社	一九八七年六月
犀牛坦克車	親親文化	一九八八年十月
讀書與修養	中央日報	一九八八年
傳家寶	號角出版社	一九八八年
小太陽	純文學出版社	一九九〇年三月
現代爸爸	好書出版社	一九九〇年十一月

林良重要文學著作一覽表

懷念——一隻狗的故事	國語日報社	一九九〇年
小方舟	好書出版社	一九九一年四月
從水牛到鐵牛	農委會	一九九二年六月
田家風景	農委會	一九九三年六月
林良的詩	國語日報社	一九九三年十月
在月光下織錦	麥田	一九九三年十一月
水景	農委會	一九九四年六月
稻草人	農委會	一九九四年六月
茶業故事	農委會	一九九四年六月
扣鈕子	省教育廳	一九九四年六月
我會打電話	光復書局	一九九四年八月
笑	光復書局	一九九四年八月
新農具	農委會	一九九五年六月
小方舟	麥田	一九九五年十二月

林良的散文	國語日報社	一九九六年六月
鄉土小吃	農委會	一九九六年九月
豐富人生	麥田	一九九七年一月
和諧人生	麥田	一九九七年四月
小太陽	麥田	一九九七年五月
樹葉船	國語日報社	一九九七年七月
在月光下織錦	麥田	一九九七年六月
農家的一天	農委會	一九九七年九月
陌生的引力	麥田	一九九七年九月
鄉情	麥田	一九九七年十二月
鱷魚橋	臺灣麥克出版公司	一九九八年二月
現代爸爸	麥田	一九九八年五月
小太陽（珍藏版）	麥田	一九九八年八月
小太陽	麥田	一九九九年二月
吳剛砍桂樹	國語日報社	一九九九年九月

林良重要文學著作一覽表

舅舅照相	幼翔文化	二〇〇〇年一月
流浪詩人	國語日報社	二〇〇〇年三月
淺語的藝術	國語日報社	二〇〇〇年六月
甘地	格林文化	二〇〇〇年八月
芋頭	農委會	二〇〇〇年十二月
彤彤	國語日報社	二〇〇二年八月
大牛哥快樂過生活	聯經出版有限公司	二〇〇二年九月
我是一隻狐狸狗	國語日報社	二〇〇三年一月
快樂少年（新版）	正中書局	二〇〇三年七月
小太陽（繪本版）	格林文化	二〇〇三年十月
河馬在這裡	國語日報社	二〇〇五年四月
林良的私房畫	臺灣麥克	二〇〇五年六月
綠池白鵝	小魯文化	二〇〇六年一月
小琪的房間	國語日報社	二〇〇六年二月
我要大公雞	信誼基金會	二〇〇六年二月

會走路的人	國語日報社	二〇〇六年六月
早安豆漿店	國語日報社	二〇〇六年六月
小紙船看海	民生報事業處	二〇〇六年六月
小動物兒歌集	民生報事業處	二〇〇六年六月
小紅鞋	信誼基金會	二〇〇六年六月
爸爸的十六封信	國語日報社	二〇〇六年七月
我要一個家	民生報事業處	二〇〇六年八月
汪汪的家	民生報事業處	二〇〇六年八月
牛墟	青林	二〇〇七年十一月
今天早上眞熱鬧	國語日報社	二〇〇八年二月
我要大公雞	信誼基金會	二〇〇八年二月
二朵白雲	信誼基金會	二〇〇八年二月
小時候	信誼基金會	二〇〇八年二月
小鸚鵡	信誼基金會	二〇〇八年二月
我有兩條腿	國語日報社	二〇〇八年二月

林良重要文學著作一覽表

今天早上真熱鬧	國語日報社	二〇〇八年二月
彩虹街	國語日報社	二〇〇八年二月
汪小小學畫	國語日報社	二〇〇八年四月
小圓圓跟小方方	國語日報社	二〇〇八年四月
影子和我	國語日報社	二〇〇八年四月
爺爺寫童年	幼獅文化	二〇〇八年七月
從小事情看天氣	國語日報社	二〇〇八年八月
小鴨鴨回家	國語日報社	二〇〇八年九月
金魚一號・金魚二號	國語日報社	二〇〇八年九月
爺爺談作文：作文預備起	格林文化	二〇〇八年九月
看圖說話：青蛙歌團	國語日報社	二〇〇九年六月
看圖說話：月球火車	國語日報社	二〇〇九年六月
看圖說話：樹葉船	國語日報社	二〇〇九年六月
小太陽（兒童版）	格林文化	二〇〇九年七月

小太陽2老三的地方　格林文化　二〇〇九年八月
蝸牛強強　螢火蟲　二〇一〇年二月
林良爺爺的700字故事　國語日報社　二〇一〇年三月（編寫）
林良爺爺你請說　幼獅文化　二〇一〇年六月
爸爸：一個爸爸的故事　斑馬文創　二〇一〇年七月
小紙船看海：林良作品集1　聯經出版公司　二〇一〇年十月
小動物兒歌集：林良作品集2　聯經出版公司　二〇一〇年十月
汪汪的家：林良作品集3　聯經出版公司　二〇一〇年十月
我要一個家：林良作品集4　聯經出版公司　二〇一〇年十月
中秋博壯元餅　斑馬文創　二〇一〇年十月
Flora・物語　青林　二〇一〇年十一月

林良重要文學著作一覽表

小太陽（台北一城一書文學類作品首選）	格林文化	二〇一一年一月
給史努比的信	麥田	二〇一一年四月
媽媽：一個媽媽的故事	斑馬文創	二〇一一年四月
與鴿子海鷗約會——林良精選集	九歌出版社有限公司	二〇一一年七月
姊姊：一個姊姊的故事	斑馬文創	二〇一一年八月
哥哥：一個哥哥的故事	斑馬文創	二〇一一年八月

※本一覽表以列出創作部分為主。尚有將近百冊的童書翻譯並不包括在內。

新世紀少兒文學家 8

與鴿子海鷗約會

林良精選集

作者	林　良
繪圖	吳嘉鴻
主編	林文寶
執行編輯	鍾欣純
發行人	蔡文甫
出版發行	九歌出版社有限公司 台北市105八德路3段12巷57弄40號 電話／02-25776564・傳真／02-25789205 郵政劃撥／0112295-1
九歌文學網	www.chiuko.com.tw
印刷	晨捷印製股份有限公司
法律顧問	龍躍天律師・蕭雄淋律師・董安丹律師
初版	2011（民國100）年7月
初版 2 印	2015（民國104）年4月
定價	240元

書號	0171008
ISBN	978-957-444-775-6

（缺頁、破損或裝訂錯誤，請寄回本公司更換）

國家圖書館出版品預行編目資料

與鴿子海鷗約會：林良精選集／林良著；
吳嘉鴻圖. -- 初版. -- 臺北市：九歌，
民100.07
面；　公分. --（新世紀少兒文學家；8）
ISBN 978-957-444-775-6（平裝）

859.6　　　　100009846

新世紀
少兒文學家

新世紀
少兒文學家

新世紀
少兒文學家

新世紀
少兒文學家